dtv

»Selbst wenn ich hundert Jahre alt werden sollte, werde ich wahrscheinlich dann noch immer nicht wissen, wieviel und wie oft man sich in die Angelegenheiten von anderen Leuten einzumischen hat. Hundertmal am Tag frage ich mich nämlich: Emma, geht dich das etwas an oder nicht?« Nein, Emma K. versucht sich nirgendwo einzumischen. Aber sie geht wie Christine Nöstlinger mit offenen Augen durchs Leben und macht sich so ihre Gedanken: über ihren Nachwuchs, über die Menschen in ihrer Umgebung und über die Welt, in der sie lebt. Sie ist 75 Jahre jung, sie schreibt sich von der Seele, was ihr auffällt und worüber sie sich ärgert. Immer nach dem Motto: »Der Mensch soll sich nicht allzu ernst nehmen und über sich selbst lachen können!«

Christine Nöstlinger, am 13. Oktober 1936 in Wien geboren, lebt als freie Schriftstellerin abwechselnd in ihrer Geburtsstadt und im Waldviertel. Sie schreibt Kinder- und Jugendbücher und ist für Zeitungen, Rundfunk und Fernsehen tätig.

Christine Nöstlinger

Liebe Tochter, werter Sohn!

Die nie geschriebenen Briefe
der Emma K., 75
Zweiter Teil

Deutscher Taschenbuch Verlag

Ungekürzte Ausgabe
Oktober 1994
5. Auflage Februar 2001
Deutscher Taschenbuch Verlag GmbH & Co. KG,
München
www.dtv.de
© 1992 Dachs-Verlag GmbH, Wien
Umschlagkonzept: Balk & Brumshagen
Umschlagbild: Christiana Nöstlinger
Gesamtherstellung: C. H. Beck'sche Buchdruckerei,
Nördlingen
Gedruckt auf säurefreiem, chlorfrei gebleichtem Papier
Printed in Germany · ISBN 3-423-20221-1

Werte Tochter

Gestern, wie ich bei Euch zu Besuch war, war bei Euch unheimlich »dicke Luft«. Du warst grantig, mein verehrter Herr Schwiegersohn war grantig, weil Du grantig warst und er meinte, Du hättest dazu keinerlei Grund, und Dein Nachwuchs war grantig, weil er fand, ein Elternhaus habe ein »fröhliches Nest« zu sein und Eltern hätten die Verpflichtung, heitere Stimmung zu verbreiten.

Warum Du in letzter Zeit so oft grantig bist, ist mir klar. Du fühlst Dich von Mann und Sohn und Tochter ausgenützt. Und ich gebe zu, Du bist es auch! Immer und ewig will einer von den guten Herrschaften etwas von Dir. Kaum hast Du Dich hingesetzt und willst die Zeitung lesen, kommt Deine liebe Tochter und legt Dir eine Bluse zum Bügeln hin. Oder Dein Herr Sohn will stante pede eine kleine »Zwischenmahlzeit« haben. Oder Dein werter Gemahl braucht einen Hemdknopf angenäht. Aber, liebe Tochter, warum kommst Du all diesen Ansinnen nach und bist dann grantig? Warum lehnst Du nicht ab und bleibst heiter? Und wenn Du schon meinst, mein Schwiegersohn sei zu patschert, sich selbst einen Knopf anzunähen, warum sagst Du dann nicht wenigstens: »Also jetzt, lieber Gemahl, jetzt lese ich! Den Knopf nähe ich dir später an!«

Ich muß Dir gestehen, liebe Tochter, während ich diesen guten Ratschlag hingeschrieben habe, habe ich lachen müssen. Warum? Weil ich selbst, vor einem Vierteljahrhundert, in der gleichen Situation wie Du heute, genauso gehandelt habe wie Du jetzt! Wie der berühmte »unbezahlte Dienstbote« habe ich für Deinen Vater und Dich und Deine Geschwister jeden Handgriff erledigt und war hinterher grantig. Ohne Dank, wie man so sagt! Für Euch alle war es eine Selbstverständlichkeit, daß die »liebe Mama« ständig parat steht. Ich glaube, es ist Euch nicht einmal aufgefallen, daß ich nie zum Lesen, zum Spazierengehen oder einfach zum Nichtstun kam.

Mißversteh mich nun ja nicht, liebe Tochter! Ich meine wirklich nicht, daß man als Ehefrau und Mutter dieses Los, ohne zu klagen, lächelnd auf sich zu nehmen hat. Nur: Ein grantiges Gesicht bringt Dir keine Zeit für Dich selbst und Deiner Familie keine bessere Einsicht! Und ich sag' Dir eins: Es wird langsam Zeit, daß Du Zeit für Dich bekommst! Es könnte nämlich leicht sein, daß Du in zwanzig, dreißig Jahren ganz allein mit Dir selbst leben mußt. Und das will gelernt sein. Das geht nicht von einem Tag auf den anderen. Eines Tages – und das kann bald sein – werden Deine Kinder ausziehen. Eines Tages – auch das kann bald sein – könnte es Deinen Mann nicht mehr geben. Dann mußt Du mit Dir allein etwas anfangen können. Lern es also schön langsam und fang heut gleich an, meint

Deine Mutter

Werter Nachwuchs

Ich gehöre ganz gewiß nicht zu der Sorte von alten Menschen, die keinerlei Verständnis für die nachfolgenden Generationen aufbringen kann, doch wenn ich mir so anhöre, was Ihr von Euren Urlaubsreisen ins Ausland zu berichten habt, dann muß ich mich doch fragen, ob Ihr nicht ganz bei Trost seid!

Dir, liebe Tochter, wurde vorigen Sommer in Spanien, mitten auf einer belebten Hauptstraße, die Handtasche samt Paß entrissen. Die letzten vier Urlaubstage hast Du dann damit verbracht, erfolglos zur Polizei zu rennen und Dir auf der Botschaft einen Ersatzpaß zu besorgen. Den Heimflug dann habt Ihr, wegen Verkehrsstau, fast verpaßt. Und die versprochene Magenschondiät für meinen lieben Schwiegersohn, die hat es im Hotel, wo Ihr gewohnt habt, natürlich auch nicht gegeben. Aber bitte, das gebuchte Hotel, das habt Ihr wenigstens bewohnen können!

Dieses ist ja Euch, werter Herr Sohn und werte Frau Schwiegertochter, vergangenes Jahr in der Türkei nicht gelungen, weil da etwas mit der Buchung vom Reisebüro schiefgegangen ist. Alle drei Tage habt Ihr in ein anderes Ersatzquartier umziehen müssen, und schließlich seid Ihr in einem Bungalow gelandet, der eine Stunde Fußmarsch vom Strand entfernt war. Und den ganzen vergangenen Winter habt Ihr eine Korrespondenz mit dem Reisebüro gehabt. Wegen Entschädigung für entgangene Urlaubsfreuden. Erfolglos, soweit ich das mitbekommen habe!

Meine gute Enkeltochter hat in Griechenland so viel Bauchweh bekommen, daß sie vier Kilo abgenommen hat und nicht erholt, sondern eher erholungsbedürftig zurückgekehrt ist.

Abgesehen von diesen gröberen Mißgeschicken berichtet Ihr dann noch von kleineren Lästigkeiten wie: Vor dem Hotelzimmerbalkon ein Bauplatz, auf dem ab sechs Uhr in der Früh die Baumaschinen lärmen! Auf dem Strand so viele Menschen, daß man zu ebendieser Stunde schon mit einem Badetuch einen »Platz belegen« und sich dann um diesen streiten muß, weil ein »ungehobelter Tourist« das Badetuch einfach zusammengeknüllt und die »Reservierung« nicht beachtet hat! Kein Tröpferl Wasser, wenn man im Hotelzimmer den Wasserhahn aufdreht! Zwei Stunden Wartezeit im Restaurant aufs Mittagessen! Acht Stunden verspäteter Abflug des Fliegers! Oder fünf Stunden im Autostau an irgendeiner Grenze! Und... und... und... Und das soll ein Vergnügen sein? Eine Erholung, auf die Ihr das ganze Jahr über emsig spart?

Jetzt höre ich von Euch schon wieder: »Ich bin urlaubsreif!« Reif wofür? Für einen dreiwöchigen Leidensweg? Für Enttäuschungen, Aufregungen, Streß und Mühsal?

Ich versteh's einfach nicht! Ehrlich nicht! Seid Ihr allesamt Masochisten? fragt sich

Eure Oma

Werter Nachwuchs

Von den vielen dummen Sprüchen, die jedermann über das Verhältnis von jungen Menschen zu alten Menschen auf Lager hat, ist wohl einer der dümmsten: »Die Jungen müßten mehr Verständnis für die Alten haben!« So? Müßten sie? Wie denn?

Nicht einmal wir Alten, obwohl wir doch einmal jung waren, haben viel Verständnis für die Jungen! Das kommt wohl daher, daß die Zeit unserer Jugend schon sehr lange vorbei ist und wir damals unter ganz anderen Lebensumständen jung waren. Wie sollen dann die Jungen, die das Alter aus eigener Erfahrung nicht kennen, uns Alte verstehen? Einen körperlichen und geistigen Zustand, in dem man selbst noch nicht gewesen ist, kann man ganz einfach nicht verstehen. Ein bißchen davon kann man vielleicht erahnen, wenn man mit alten Menschen eng und nahe zusammenlebt. Doch das tun junge Menschen ja kaum. Wo gibt es denn noch Familien, in denen drei oder vier Generationen unter einem Dach wohnen? Aber selbst dort, wo es das noch gibt, hat das Verstehen Grenzen, über die hinaus kein Verständnis möglich ist!

Sicher, solange ein alter Mensch bloß körperlich abbaut, geistig aber – wie es dann lobend heißt – »noch voll da ist«, gibt es nicht viele Probleme. Daß die Uroma »gebrechlich« ist und man ihr daher beizustehen hat, ist zu verstehen. Es ist sogar zu verstehen, daß die Uroma Ansichten »aus einer anderen Zeit« hat und Meinungen vertritt, die der Urenkel für falsch hält. Aber daß ihn die Uroma zehnmal in einer knappen Stunde fragt: »Wie heißt du denn?«, das kann der Urenkel nicht verstehen. Das Wissen, daß die arme Uroma eben »verkalkt« sei, bringt noch kein wirkliches Verständnis. Selbst alte Menschen, die von Verkalkung verschont geblieben sind, können ja nicht verstehen, wie andere alte Menschen, deren Gehirn nicht mehr so klaglos funktioniert, denken und fühlen. Die Frau Huber versteht ja auch nicht, wieso ihr Mann in der Nacht aufsteht, spazierengeht und dann nicht mehr heimfindet. Immer wieder sagt sie: »Das ist doch net möglich! Wo wir schon sechzig Jahr da wohnen!«

Viel Verständnis für alte Menschen zu fordern ist also ziemlich sinnlos. Viel eher sollte man Toleranz alten Menschen gegenüber fordern, denn man kann auch etwas tolerieren, was man nicht verstehen kann. Man kann sich doch sagen: Gerade weil ich NICHT verstehe, warum dieser Mensch im Alter so geworden ist, maße ich mir kein Urteil an!

Man kann sich doch auch sagen: Um einen alten Menschen zu achten und seine Menschenwürde nicht zu verletzen, muß ich ihn nicht verstehen! Fordert also nicht das kaum Mögliche, das Verständnis, sondern Toleranz, auf die jeder Mensch ein Recht hat, egal, ob er acht Wochen oder achtzig Jahre alt ist.

Eure Oma

Werter Nachwuchs

Jeder Mensch, der gern lebt, lebt auch gern lang. Und anscheinend leben auch die Menschen, die immer mit ihrem Leben unzufrieden sind, gern und gern lang. Kaum eine der ewigen alten »Raunzen«, die mir jeden Tag die Ohren volljammern, daß sie »am liebsten schon tot wären«, meint das ehrlich. Sonst würden sie ja nicht dreimal die Woche zum Arzt laufen, auf daß er ihnen den Aufenthalt in diesem »Jammertal« verlängere.

Wenn man jung ist, sagt es sich leicht: »Lieber ein kurzes, gutes Leben als ein schlechtes, langes Leben!« Doch wenn man alt geworden ist, ist man auch bescheiden geworden, was die Begriffe »gut« und »schlecht« angeht. Ohne Frage: Man hängt dann mit aller noch vorhandenen Kraft an einem Leben, das man Jahrzehnte vorher gar nicht für lebenswert gehalten hätte.

Ihr kennt doch sicher die alte Sage vom Pfarrer von St. Stefan, der im tiefen, verschneiten Winter im Sterben lag und den lieben Gott bat: »Einmal möchte ich die Linde vor dem Fenster noch blühen sehen!« Und der liebe Gott hat dann die Linde mitten im Schneetreiben blühen lassen. Und dann ist der Pfarrer angeblich zufrieden gestorben.

Also, werter Nachwuchs, wenn ich mich schon dazu bequeme, an das Wunder mit der blühenden Linde zu glauben, an den zufrieden sterbenden Pfarrer glaube ich nicht! Ich trau' mich zu wetten: So war das vom Pfarrer nicht gemeint!

Der wollte garantiert noch weiterleben, bis zum Frühling, bis die Linde – ganz ohne Wunder – von selbst blüht.

Und im Frühjahr dann hätte er garantiert darum gebeten, die Linde noch einmal welken sehen zu dürfen!

Der Mensch ist halt so veranlagt, daß er im Leben, auch

wenn es kein sehr schönes mehr ist, immer noch gute Stunden oder Augenblicke hat, und die reichen anscheinend aus, um ihm das Leben lebenswert zu machen. Mir geht es ja genauso!

Vor drei Jahrzehnten habe ich oft gesagt: »Ich muß so lange leben, bis meine Kinder groß und selbständig sind!«

Dann waren meine Kinder groß und selbständig, und ich habe gesagt: »Aber daß ich Enkelkinder habe, das möchte ich schon noch erleben!« Und jetzt sind meine Enkelkinder groß und erwachsen, und ich denke mir: »Ein Urenkelkind würde ich doch noch gern erleben!« Und hätte ich nie Kinder gehabt und dadurch auch keine Chance auf Enkel und Urenkel, dann würde ich halt irgend etwas anderes gefunden haben, was mich am Leben hängen läßt und mir den Abschied davon schwermacht.

Darum glaubt es nicht unbedingt, wenn Euch ein alter Mensch sagt, daß er nimmer leben will. Er will nur nicht so leben, wie er leben muß. Aber leben will er! Glaubt das

Eurer Oma

Werter Nachwuchs

Sicher könnt Ihr Euch noch an die Frau Pertl erinnern. Das war die schöne junge Frau aus dem 17er-Haus, die Ihr als Kinder immer so bewundert habt. Die, von der Du, lieber Herr Sohn, oft gesagt hast: »Mama, die schaut aus wie die Fee aus dem Märchen!« Ja, ja, diese Frau Pertl, die gibt es noch im 17er-Haus. Wie eine Märchenfee schaut sie allerdings nicht mehr aus, denn Märchenfeen altern ja bekanntlich nicht, die bleiben ewig jung. Der Frau Pertl hingegen, der sieht man ihre achtzig Jährchen sehr wohl an. Bloß sie selber scheint es nicht zu merken und sich immer noch für ein Teenagerl zu halten. Ihre goldblond gefärbten Haare trägt sie schulterlang und lockengekringelt. Mit einem »kessen« Schleierhuterl obendrauf, wenn sie »stadtfein« ausgeht. Ihre Röcke sind meistens kniefrei, und Babyrosa, Himmelblau und Eidottergelb sind die Farben, die sie für ihre Garderobe bevorzugt. Und jede Menge Talmi-Gold und buntes Glas klunkert ihr von den Ohrwaschln und ringelt sich um ihren Hals. Natürlich grinst jeder in der Gegend über die Frau Pertl und sagt, daß sich die Frau einfach lächerlich mache. Und ich gebe gern zu, daß auch ich den Kopf schüttle, wenn mir die Pertl, eingekleidet wie ein Ufa-Filmstar, auf der Straße entgegenkommt. Doch eigentlich ist nicht einzusehen, warum wir uns alle über die Frau so lustig machen! Wieso sind wir uns alle so einig, daß es »der helle Wahnsinn« sei, »in ihrem Alter« so gekleidet zu sein? Ich meine: Wenn es ein Wahnsinn ist, an jedem Ohrwaschl zehn Deka Klunker zu haben, dann ist das in jedem Alter ein Wahnsinn! Und wieso darf die Smekal-Fini ihre Betonstampfer, bis zu den halben Oberschenkeln entblößt, der Umwelt darbieten, während man es der Frau Pertl übelnimmt, daß sie ihre immer noch wohlgeformten Beine herzeigt? Da stimmt doch etwas nicht!

Ich weiß schon, die Standardantwort heißt dann: »Weil sich das eben im Alter der Frau Pertl nicht mehr schickt!« Und das finde ich einigermaßen sonderbar. Wir leben in einer Zeit, in der die Mode-Devise lautet: Erlaubt ist, was gefällt! Und wenn ich mich so auf der Straße umschaue, dann muß ich feststellen, daß sich die Menschheit auch an diese Devise hält. Manchmal sehe ich Frauen, die ganz so ausschauen, als seien sie zu einem Maskenball unterwegs. Niemand wundert sich darüber. Ist halt heutzutage so! Hauptsache, es macht Spaß! So erklärt man mir doch immer alle Modetorheiten der Saison! Warum gilt das für eine achtzigjährige Frau nicht mehr? Warum ist für die Frau Pertl nicht mehr erlaubt, was ihr gefällt? Das würde gern wissen

Eure Oma

Werter Nachwuchs

Heute habe ich mit dem alten Prikopa einen Streit gehabt. Einen kleinen zwar nur, aber der war fällig! Der Prikopa geht mir nämlich mit seinem ewigen Gerede von den »Senioren« schwer auf die Nerven. Wenn er von seiner – und damit auch von meiner – Altersgruppe spricht, meidet er das Wort »alt« wie die Pest und redet nur von »uns Senioren«.

Sind ihm die Buchstaben auf einem Formular zu klein, heißt es: »Wie sollen denn wir Senioren das lesen können?«

Vom Fernsehprogramm sagt er: »Für uns Senioren bringen die rein gar nichts!« Und wenn die Hausbesorgerkinder im Hof zu laut sind, rügt er sie: »Könnt ihr nicht ein bißl Rücksicht auf uns Senioren nehmen?«

Heute nun treffe ich ihn im Stiegenhaus – ich humple runter, er schnauft rauf –, und er verkündet keuchend: »Ich komm' grad' vom Doktor. Zwei Stunden hab' ich warten müssen. Das ganze Wartezimmer war mit Senioren gerammelt voll!«

Sag' ich drauf zu ihm, weil ich ihm das schon längst hab' sagen wollen: »Gibt Ihnen das was, wenn S' ein Senior sind? Meiner Meinung nach sind wir alte Leute! Was müssen S' denn diese Tatsache mit Ihren ewigen ›Senioren‹ aufmascherln?«

Na, da bin ich aber schön angekommen beim alten Prikopa! Fuchsteufelswild ist er geworden und hat gesagt, ich sei eine »ungebildete« Person, mit der man nicht reden könne! Ganz so, als ob das Wort »alt« ordinär wäre, hat er getan. Aber ich habe mir dann überlegt, daß der Prikopa eigentlich nur nachplappert, was ihm überall vorgeredet wird!

In der Zeitung gibt es eine Senioren-Seite, im Fernsehen gibt es einen Senioren-Club, die Parteien machen

Senioren-Jausen, sogar eine Senioren-Messe gibt es und ein Senioren-Quiz, ein Senioren-Turnen, ein Senioren-Wandern, einen Senioren-Urlaub... und... und... und...

Warum wird denn, um Christi willen, überall das Wort »alt« vermieden? Wenn es um das Gegenteil geht, nämlich um »jung«, heißt es ja auch nicht »Junior«; außer wenn man in einer Firma den jungen Chef vom alten Chef unterscheiden muß. Das kann ja wohl nur daran liegen, daß »jung sein« eine gute Eigenschaft ist und »alt sein« eine schlechte, daß das »Junge« geliebt wird und das »Alte« nicht.

Wenn das aber so ist, dann nützt uns alten Menschen auch kein beschönigendes Wort!

Ob es in unserer Gesellschaft den »alten Leuten« oder den »Senioren« schlechtgeht, macht keinen Unterschied! Und wenn der Prikopa glaubt, daß sein Los auch nur ein Fuzerl leichter wird, wenn er sich als »Senior« ausgibt, irrt er gewaltig, meint

Eure Oma

Werter Nachwuchs

Es gibt Elternpaare, die sind so richtig ein Herz und eine Seele. Die haben einander nicht »so lieb wie am ersten Tag«, die haben einander noch viel lieber als am ersten Tag. Warm wird einem um die Seele, wenn man solche Ehepaare sieht, und man fragt sich bloß bang: Was wird einmal, wenn einer von den beiden »übrigbleibt«? Wie wird der dann das Weiterleben allein schaffen? Aber seien wir doch ehrlich: Solche alten Ehepaare sind ja eher Mangelware hier auf Erden. In den meisten alten Ehen geht es weniger harmonisch und liebevoll zu. Und in gar manchen alten Ehen hängt der Haussegen wesentlich schiefer als seinerzeit, als die Ehe noch jung war. Das ist ja eigentlich auch kein Wunder. Im Alter wird man schließlich weder fröhlicher noch optimistischer und auch nicht großzügiger. Dazu kommt noch: Alte Eheleute müssen einander rund um die Uhr, vierundzwanzig Stunden pro Tag, aushalten! Früher, wenn jeder in der Arbeit oder wenigstens der Ehemann zur Arbeit außer Haus war, da hatten sie zumindest eine Verschnaufpause von der Zweisamkeit. In der konnten sie sich voneinander erholen. Was aber wohl noch mehr ins Gewicht fällt, ist, daß sich jeder Mensch im Laufe der Jahrzehnte verändert, und sehr oft verändern sich Mann und Frau halt auf recht verschiedene Art und Weise. »Nie, nie im Leben«, sagt die alte Brezina zu mir, »hätt' ich einen geheiratet, der so ist, wie er jetzt ist!« Der alte Brezina hätte wohl auch nie im Leben eine geheiratet, die der heutigen Frau Brezina ähnlich ist. Recht verschieden waren die zwei ja schon früher, aber da waren ihre Charaktere halt noch nicht so ausgeprägt. Da haben sie noch leichter Kompromisse schließen können. Doch im Lauf der Zeit haben sie sich so voneinander wegentwickelt, daß das nimmer möglich ist. Er will jeden Groschen sparen, sie will jeden Groschen ausgeben, weil man eh nichts mit ins Grab nehmen kann. Steckt sie einem Enkerl einen Hunderter zu, kriegt er einen Wutanfall. Holt er die alten Schuhe, die sie weggeworfen hat, wieder aus dem Abfallkübel, kriegt sie einen Wutanfall. Und bei der letzten Wahl hat sie »justament« eine andere Partei gewählt als er! Aber glaubt ja nicht, daß die beiden glücklicher wären, wenn sie einander nimmer hätten! Ihr täglicher Kleinkrieg ist ihr Lebensinhalt geworden. Und wenn einmal einer von ihnen »übrigbleiben« wird, dann wird dem das Weiterleben genauso schwer fallen, als hätte er einen innig geliebten, verständnisvollen Partner verloren.

Eure Oma

Werter Herr Sohn

Du hältst mir immer vor, daß sehr viel Ungemach in meinem Leben daher rührt, daß ich mich zuwenig »rühre«. Wie sagst Du doch immer so lieb: »Die meisten Menschen sind sehr hilfsbereit. Aber sie können doch nicht wissen, wann ein anderer Mensch Hilfe braucht. Das muß man ihnen sagen!«

Ich versuche ja auch brav, Deinen guten Ratschlag zu beherzigen, aber es gibt doch eine Menge Probleme im Alltag für mich, bei denen ich wirklich nicht weiß, an wen ich mich da um Beistand wenden sollte. Da ist, zum Beispiel, auf einem alltäglichen Einkaufsweg eine Straßenampel, die schaltet so hurtig von Grün auf Rot, daß ich noch nicht einmal in der Straßenmitte bin, wenn die Autos schon wieder fahren dürfen.

Soll ich mich da an die Autofahrer wenden? Vielleicht mit einem großen, selbstgemalten Transparent an einer langen Stange: BIN LANGSAMER, ALS DIE POLIZEI FÜR MÖGLICH HÄLT!

Oder soll ich am Straßenrand warten, bis ein stämmiger junger Mann des Weges kommt, und ihn bitten, mich auf den Buckel zu nehmen, um mit mir die Straße zu überqueren? Und wenn wir schon beim Verkehr sind, fällt mir der Zug ein, mit dem ich zur Mali-Tante fahren muß. Der Bahnhof, dort, wo die Mali wohnt, hat keine erhöhten Bahnsteige. Wenn ich die Waggontür aufmache, tut sich vor mir ein Abgrund auf! Gottlob schickt mir ja die Mali meistens ihren Enkelsohn auf den Bahnhof. Der rennt dann zu mir und hebt mich vom Trittbrett herunter. Aber an wen wende ich mich vertrauensvoll, wenn er nicht da ist?

In dem kleinen Nest steigt kaum jemand aus. Und ins Abteil zurückgehen und einen Mitreisenden um Hilfe bitten kann ich auch nicht, denn der Zug hält in dem kleinen Ort bloß eine Minute. Bis der Hilfreiche mit mir wieder beim Trittbrett wäre, wäre der Zug schon abgefahren!

Einmal, in dieser blöden Situation, habe ich verzweifelt einem Bahnbeamten zugewunken, doch der hat anscheinend gedacht, ich winke abschiednehmend in die Runde und ist seines Weges gegangen.

Nein, nein, werter Sohn, Hilfeleistungen von Mitmenschen in allen Ehren, aber vernünftiger wäre es doch, die Verkehrspolizei würde sich überlegen, wie lange alte Menschen zum Überqueren einer Straße brauchen. Und die Bahnverwaltung könnte einsehen, daß es zwar löblich ist, den Senioren Preisvergünstigungen zu gewähren, daß es aber noch löblicher wäre, ihnen Bahnsteige zu errichten, die ihnen das Aussteigen ohne fremde Hilfe möglich machen, meint

Deine Mutter

Werter Nachwuchs

Immer wieder hört man, daß bei uns in der Stadt die Mieten für Untermietwohnungen und Untermietzimmer steigen und steigen und bereits »astronomische« Höhen angenommen haben und daß sich die Studenten, die aus den Bundesländern kommen, diese Mieten nicht mehr leisten können. Ist ja auch klar! Wenn angeblich ein kleines Untermietzimmer nicht mehr unter dreitausend Schilling im Monat zu haben ist! Andererseits gibt es in unserer Stadt aber auch sehr viele alte Menschen, die in ziemlich großen Wohnungen allein leben. Warum, fragt sich die alte Emma, finden die Alten und die Jungen, was das Wohnungsproblem betrifft, denn nicht zusammen? Nehmen wir zum Beispiel die alte Frau Brauneis bei uns im Haus. Drei schöne Zimmer hat sie, zwei bewohnt sie nur. Das dritte Zimmer, es geht zum Hof hin und ist direkt vom Vorzimmer zu erreichen, ist im Laufe der Jahre zu einer Art Rumpelkammer verkommen. »Ich brauch's ja nimmer!« sagt die Brauneis. Aber ein Student oder eine Studentin könnte es brauchen! Ich meine nicht, daß sich die Brauneis auf diese Art zusätzlich dreitausend Schilling verdienen sollte. Das hat sie auch gar nicht nötig. Ich meine auch nicht, daß sie ihr drittes Zimmer aus purer Güte und Nächstenliebe einem jungen Menschen gratis zur Verfügung stellen sollte. Aber die Frau Brauneis klagt doch immer, daß sie ihre schwere Einkaufstasche kaum mehr die drei Stock hoch schleppen kann! Und daß sie jemanden brauchen täte, der für sie so Sachen erledigt wie: gewaschene Vorhänge aufhängen, Mistkübel ausleeren, Oberlichten putzen und Heizung entlüften. Und den Teil der Hausarbeit, wo man auf die Leiter steigen muß, den schafft sie auch nimmer! Ich denke mir, daß viele nette Studenten und Studentinnen bereit wären, der Frau Brauneis eine halbe Stunde pro Tag für nötige Arbeiten zur Verfügung zu stehen, wenn sie dafür ein hübsches Zimmer bekämen. Ich habe der Frau Brauneis diesen Vorschlag unterbreitet, aber sie hat davon nichts hören wollen. »Was weiß man, wen man da ins Haus kriegt!« hat sie gesagt. Gewiß, ganz von der Hand zu weisen ist dieses Argument nicht. Aber sie müßte ja nicht gleich den Nächstbesten nehmen! Und einen Untermieter kann man ja auch wieder loswerden! Außerdem muß man ja nicht immer gleich das Schlimmste annehmen. Könnte ja auch sein, daß sie einen »Haupttreffer« macht. Ein bisserl was riskieren muß man halt schon, wenn man sich's verbessern will, meint

Eure Oma

Werter Nachwuchs

Gestern ist mir folgendes passiert: Es klingelt an meiner Wohnungstür, ich gehe aufmachen, eine junge Frau steht vor der Tür, hat einen kleinen Koffer in der Hand, entschuldigt sich für die Störung und fragt mich, ob ein Herr Habermeier bei uns im Haus wohnt. Das sei ihr Onkel, und sie komme aus Salzburg, um ihn zu besuchen, und anscheinend habe sie die falsche Hausnummer aufgeschrieben, und nun frage sie schon im -zigsten Haus erfolglos nach.

Ich sage, nein, ein Habermeier wohne hier im Haus sicher nicht und in den Nachbarhäusern, soweit mir bekannt, auch nicht. Da faßt die junge Frau mit einer Hand an den Türstock, so, als ob sie sich festhalten wolle, sagt, ihr sei ein bißchen übel, und fragt, ob sie ein Glas Wasser haben dürfe.

Ich denke mir: Bei niedrigem Blutdruck tut Kaffee gut! Also mache ich schnell eine Tasse starken Kaffee. Den trinkt die junge Frau. Dann sagt sie, es geht ihr schon wieder viel besser. Sie bedankt sich bei mir, nimmt ihr Kofferl, meint, daß sie ihren Onkel schon noch finden wird, und geht weg.

Eine Stunde später merke ich dann, daß mein Geldbörsel weg ist! Obwohl ich genau weiß, daß es auf dem Tisch gelegen ist, bevor ich der jungen Frau die Tür aufgemacht habe, suche ich es noch eine gute Stunde lang, aber es bleibt verschwunden. Viel Geld war nicht drinnen, aber erstens ist auch ein Hunderter viel Geld für mich, und zweitens habe ich mein altes Börsel gern gehabt, und drittens deprimiert einen so ein Erlebnis!

Und jetzt sagt die Pribil zu mir: »Ja, ja, Frau Emma, wenn man so leichtgläubig ist wie Sie, dann muß man halt sein Lehrgeld bezahlen!«

Na schön, ein Hunderter Lehrgeld ist ja noch drin in meinem Budget! Aber bitte, was soll ich denn nun eigentlich gelernt haben?

Soll ich die Tür nimmer richtig aufmachen, wenn es klingelt? Soll ich mit fremden Menschen ausschließlich bei vorgelegter Sicherheitskette verkehren? Oder das Wasser durch den Türspalt rausreichen? Und wenn da dann einer steht, dem wirklich übel ist? Einer, der sich dringend ein paar Minuten hinsetzen müßte? So einen armen Kerl soll ich dann wegjagen, nur, weil ich mein »Lehrgeld« schon bezahlt habe? Also, werter Nachwuchs, wenn ich mir das so überlege, dann will ich lieber weiter zu gutgläubig sein und immer wieder Lehrgeld zahlen, meint

Eure Oma

Werter Nachwuchs

Ich sage es ja oft, und ich will es, solange ich lebe, beherzigen: Der Mensch soll sich nicht allzu ernst nehmen und über sich selbst lachen können!

Aber wenn es um gewisse Erscheinungen geht, die Altwerden so mit sich bringt, ist das oft gar nicht so einfach!

Ich bin draufgekommen, daß ich mich selbst sehr mißtrauisch beobachte. Zum Beispiel, was dieses sogenannte »geistige Abbauen im Alter« betrifft.

Fällt mir der Name von einem Menschen nicht gleich ein, der mich auf der Straße freundlich grüßt, dann denke ich mir gleich: Aha, Emma! Der Kalk rieselt schon! Bald wird es auch mit dir soweit sein wie mit dem Alois-Onkel seinerzeit, der, vom Spazierengehen heimgekommen, der Anna-Tante nur noch mitteilen konnte, daß er den »Herrn Dings« und die »Frau Dings« getroffen habe.

Finde ich den Erlagschein nicht, mit dem ich den Zins bezahlen muß, denke ich mir gleich: Na, Emma, jetzt geht es dir schon wie der Anna-Tante seinerzeit, die alles irgendwo »verlegt« und die Wohnungsschlüssel mit Vorliebe im Eßzeugladel deponiert hat.

Und dann kann ich gar nicht über mich lachen und mich nicht ernst nehmen!

Dabei müßte ich doch ganz genau wissen, daß ich mich schon vor vierzig Jahren mit den Namen schwergetan habe und auch vom »Herrn Dings« geredet habe, wenn mir ein Name nicht eingefallen ist.

Und was das »Verlegen« von Dingen betrifft, da war ich schon immer einsamste Spitze! Aber solange ich noch jung war, habe ich das einfach als meine »persönlichen Marotten« hingenommen und darüber lachen können. Wär' mir gar nicht in den Sinn gekommen, da an »geistigen Abbau« zu denken!

Gewiß, gewiß, werter Nachwuchs, die Fälle, wo mir

ein »Herr Dings« und eine »Frau Dings« begegnen, die häufen sich. Wahrscheinlich »verlege« ich auch noch öfter Erlagscheine und anderen Krimskrams als früher. Aber schließlich habe ich nun genug Zeit zum Suchen, wo mir der Tag eh immer zu lang wird.

Und ganz nebenbei: Es läßt sich auch mit einem »Dings« gut plaudern, ohne daß der merkt, daß ich nicht weiß, wo ich ihn hintun soll!

Wozu also Kummer um die Vergeßlichkeit, sagt sich, wenn sie ihren Humor wieder zusammengeklaubt hat,

Eure Oma

Lieber Enkelsohn

Du hast ein großes Talent, mich in Schwierigkeiten zu bringen, was das Verhältnis zwischen mir und Deiner Mutter betrifft. Als Du noch kaum ordentlich reden konntest, hast Du schon diesen Satz einwandfrei beherrscht: »Aber sag es ja nicht der Mama!«

Dein ganzes Leben lang hast Du mich mit Schmeicheln und Tränen, mit angstvollen Augen und Zitterstimme dazu gezwungen, irgend etwas, was Du mir gebeichtet hast, »nur ja nicht« Deiner Mutter zu berichten. So hast Du mich zu Deinem Mitwisser und Kumpan gemacht, und das war mir nicht angenehm, denn Deine Mutter ist schließlich meine Tochter, und es liegt mir nicht, sie zu hintergehen.

Früher war mir dieser »Verrat« an meiner Tochter nicht so unbehaglich, denn damals waren die »Geheimnisse«, die Du mit mir hattest, recht harmlos. Deiner Mama nichts von einer eingeschlagenen Fensterscheibe, einem Fünfer auf die Prüfung oder einem Einbruch ins eigene Sparschwein zu erzählen, konnte mein großmütterliches Gewissen verkraften.

Schwieriger wurde es schon, als dann die Zeit kam, wo ich in Sachen Jugendliebe Dein Intimus wurde. Daß Du manche Wochenenden nicht mit Freund Xandi und seinen Eltern verbringst, sondern mit einer Martina in deren elternfreier Wohnung, hätte ich lieber nicht gewußt! Schließlich hätte ich ja die ganze Verantwortung gehabt, wenn irgend etwas »schiefgegangen« wäre. Da hätte es dann geheißen: »Du bist schuld! Du hast es gewußt und geschwiegen!«

Und gemein bin ich mir auch vorgekommen, wenn meine Tochter am Sonntag naiv zu mir gesagt hat: »Hat der Bub wenigstens eine gute Luft beim Xandi draußen!« Und ich habe verlogen genickt.

Aber ich habe mir dann eingeredet: Wenn er zu seinen Eltern kein Vertrauen hat, ist das nicht meine Schuld!

Und dann habe ich mir eingeredet: Seine »Schandtaten« kann ich sowieso nicht verhindern. Weder die eingeschlagenen Fenster noch das Schulstageln, auch nicht das Motorradfahren ohne Führerschein! Er beichtet es mir ja erst nachher! Und die Leviten lese ich ihm sowieso!

Und nun willst Du 20.000 Schilling von mir! Und wie immer: »Aber sag der Mama nichts davon!«

Bub, wofür brauchst Du das Geld? Zum Schuldenzahlen? Wieso hast Du Schulden? Und soviel dazu? Ganz ehrlich, Bub, eigentlich habe ich es satt, länger Dein Mitwisser und Kumpan zu sein, aber wenn ich es diesmal noch bleibe, erspare ich meiner Tochter viel Kummer. Die würd' doch der Schlag treffen, wenn sie von Deinen Schulden erfährt!

Oder rede ich mir das jetzt nur ein, damit ich wieder einmal einen Grund habe, Dir ganz unvernünftigerweise nachzugeben? fragt sich

Deine Oma

Lieber Sohn

Du weißt ja: Ich bin eine brave, folgsame Mutter, die stets auf die guten Ratschläge ihrer Kinder zu hören bereit ist! Also habe ich mir auch zu Herzen genommen, was Du mir bei Deinem letzten Besuch dringlich angeraten hast. »So gönn dir doch ein bisserl mehr, Mama«, hast Du zu mir gesagt. »Die kleinen Freuden im Leben sind es doch, die den grauen Alltag schön machen!«

Nachdem Du weggegangen bist, habe ich mir gut zugeredet. Emma, er hat ja recht, habe ich mir gesagt. Ins Grab kannst Du Deinen Sparstrumpf sowieso nicht mitnehmen, und Dein Nachwuchs wird Dir nicht gram sein, wenn er kein allzu fettes Sparbuch erbt!

Und was, habe ich mich dann gefragt, gönnst Du Dir morgen? (Um mir heute etwas zu gönnen, dafür war es schon zu spät, weil es erstens bald Mitternacht und ich zweitens hundemüde war.)

Wohl, weil ich mich gerade ins Bett gelegt habe, ist mir zuerst eingefallen, daß ich mir ein weicheres Bett gönnen könnte. Doch diesen Wunsch habe ich mir sofort abschlagen müssen. Wegen meinem Kreuz. Der Doktor behauptet, mein Kreuz wolle auf eine harte Unterlage gebettet sein, sonst rächt es sich und tut mir weh!

Hierauf, schon im Halbschlaf, ist mir noch eingefallen, daß ich mir einen Indianer mit Schlag – oder gleich zwei? – gönnen könnte. Das hat mich sehr zufrieden einschlafen lassen. Aber heute in der Früh habe ich das verworfen. Da steht nämlich Gaumengenuß gegen Gallenleid! Und ein paar Minuten Schlemmerfreuden sind doch wohl mit einer Nacht Leibzwacken etwas überbezahlt!

Und wie wäre es mit einem neuen Kleid, habe ich mich dann gefragt. Ich bin ausgegangen und habe mich – soweit es meine maroden Füße halt zulassen – umgeschaut. Aber was »modern« ist, paßt ja wohl wahrhaftig nicht für mich alte Omi, und was an »zeitlosem Schick in Ladygrößen« in den Auslagen zu sehen war, habe ich selbst im Kasten hängen. Ein drittes graues Jackenkleid brauche ich nicht, wo ich doch nicht einmal die zwei anziehe, die ich schon habe!

Von Auslage zu Auslage bin ich gehumpelt, mit dem festen Vorsatz, mir etwas zu gönnen. Weißt Du, mit was ich heimgekommen bin? Mit einem Gasanzünder und einem Waschlappen! Das Zeug hab' ich so dringend gebraucht wie einen Holzfuß! Und nun, lieber Sohn, gönne ich mir wirklich etwas! Ein lauwarmes Fußbad! Das haben meine maroden Füße nach der anstrengenden und erfolglosen Wanderung um kleine Freuden, die ich mir gönnen könnte, dringend nötig.

Und morgen gönne ich mir die Freude, strahlende Enkelaugen zu sehen; was garantiert passiert, wenn ich ihnen das fürs »Gönnen« bestimmte Geld überreiche.

Deine Mutter

Werter Nachwuchs

Manchmal braucht man wirklich allerhand Langmut und Humor, um Euch gelassen zu ertragen und nicht aus der Haut zu fahren! Gottlob besitze ich sowohl Langmut als auch Humor in ausreichendem Maße. Vielleicht habe ich von diesen beiden löblichen Eigenschaften sogar ein bißchen zuviel! Das könnte der Grund dafür sein, daß Ihr anscheinend nicht einmal merkt, wann es wieder soweit ist, daß Ihr mich zum »Aus-der-Haut-Fahren« gebracht habt.

Da Ihr es von selbst nicht merkt, will ich es Euch nun in aller Ruhe einmal erklären: Wenn ich in irgendeiner Angelegenheit anderer Meinung bin als Ihr, geht Ihr nicht einmal auf meine Argumente ein, macht Euch nicht einmal die Mühe, mit mir zu streiten, sondern lächelt bloß milde. Ihr tut meine Meinungen einfach als »von vorgestern« ab. Lassen wir die Alte halt reden! Was versteht denn die! Hat ja ohnehin keinen Zweck, mit der zu debattieren!

Ich erwarte ja beileibe nicht von Euch, mich als »weise Ahnfrau« anzuerkennen und zu verehren, aber mir zu unterstellen, daß ich vom Leben nichts verstehe, weil ich alt bin, ist im Grunde genommen eine bodenlose Frechheit! Ganz gewiß gibt es Dinge, von denen ich, auf Grund meines Alters, nichts mehr verstehe. Doch wenn von denen die Rede ist, mische ich mich ohnehin nicht ein. Ich rede nur mit, wenn ich Bescheid weiß. Und wenn Ihr ehrlich zu Euch wärt, müßtet Ihr mir zugeben, daß ich da oft besser Bescheid weiß als Ihr. Hinterher nämlich hat sich das meistens herausgestellt!

Ein paar Beispiele gefällig? Bitte! Wer hat mich vor zwanzig Jahren als »von gestern« hingestellt, wenn ich mit Fencheltee und Tausendguldenkraut meinen maroden Magen kuriert habe und nichts von Pillen und Injektionen wissen wollte? Ihr! Und wer rennt jetzt dreimal wöchentlich ins Reformhaus um Kräutlein und mag keine Pillen schlucken? Auch Ihr!

Wer hat mir gesagt, daß ich alte Frau von Geschäften nichts verstehe, wenn ich sage, daß man mit dem Otto-Hans keine machen soll? Und wer sagt jetzt, fünf Jahre später, daß man mit dem Otto-Hans keine Geschäfte hätte machen sollen? Auch Ihr! Wer hat von Anfang an gewußt, daß Ihr den Michi in die falsche Schule gesteckt habt? Wer hat Euch nahegelegt, den »windigen« Mietvertrag einem Rechtsanwalt zu zeigen? Ich! Wer hat Euch vorausgesagt, daß Ihr Euch in Afrika, auf der Foto-Safari, nicht erholen, sondern bloß Bauchweh bekommen werdet? Ich!

»Das hat ja niemand wissen können!« sagt Ihr immer, wenn etwas eingetroffen ist, was ich vorausgesehen habe. Der »Niemand« ist sichtlich Eure alte, vom Leben nichts mehr kapierende

Oma

Werter Nachwuchs

Eben habt Ihr, etwas vergrämt, von mir Abschied genommen und meine Wohnungstür hinter Euch zugeschlagen. Gut kann ich mir vorstellen, was Ihr, die Treppe abwärts eilend, zueinander gesagt habt. Wirst Du, mein werter Herr Sohn, gesagt haben: »Da kann man eben nichts machen! Sie ist halt schon immer stur gewesen, und das verstärkt sich noch im Alter!« Wirst Du, liebe Tochter, darauf geantwortet haben: »Dabei wollten wir ihr doch nur eine Freude machen! Aber sie kann halt nicht mehr umdenken!«

Eine Freude, werter Nachwuchs, hättet Ihr mir gemacht, wenn Ihr meinen alten Wecker, ordentlich repariert, zurückgebracht hättet! Aber nein! Ihr kommt mit einem Monstrum daher, das kein normales Ziffernblatt und keine Zeiger hat, sondern brandrot leuchtende, eckige Ziffern, und nicht mehr aufgezogen werden muß, weil eine Batterie in ihm drinnen steckt. Und dann drückt Ihr, schwer begeistert, dem Ding ein paar Tasten ein, und das Monstrum spricht mit Computerstimme: »Es ist sieben Uhr zehn, guten Morgen!«

Und dann teilt Ihr mir noch mit, daß die beiliegende Betriebsanleitung »so trottelsicher« verfaßt sei, daß sogar ich sie kapieren werde! Abgesehen davon, werter Nachwuchs, daß Ihr leider immer wieder darauf vergeßt, daß meine alten Augen – auch mit Brille – so winzige Buchstaben, wie sie in kleingedruckten Gebrauchsanweisungen üblich sind, nicht mehr ausnehmen können, sehe ich einfach nicht ein, warum ich mich an einen »sprechenden Wecker« gewöhnen soll. Und an all den anderen modischen Kram, den Ihr mir anzuschleppen beliebt! Die elektrische Saftpresse! Die elektrische Raspelmaschine! Der elektrische Fleischwolf! Meinem lieben alten Wecker die Feder einmal am Tag aufzuziehen, war keineswegs so mühsam für mich, daß mir eine Batterie diese Arbeit abnehmen müßte. Und der Apfelstrudel, den ich backe, ist auch nicht so hart, daß ich einer elektrischen Säge bedürfte. Es übersteigt auch nicht meine Kräfte, eine halbe Zitrone händisch in meinen Tee zu pressen, zwei Erdäpfel zu reiben oder ein viertel Kilo Fleisch durch die Fleischmaschine zu kurbeln. Wozu also der ganze Geräteaufwand? Ich habe gedacht, wir befänden uns in der Zeit des Energiesparens, der Sondermüllvermeidung? Ich bin keine Feindin von Technik, wo sie wirklich das Leben leichter macht. Eisschrank, Waschmaschine, Staubsauger, Handmixer, das sind alles Geräte, die ich zu schätzen weiß. Doch warum der Sondermüll noch mehr werden soll, bloß damit mir eine Computerstimme »Guten Morgen« wünscht, das soll mir erst einmal einer erklären.

Eure Oma

Werter Nachwuchs

Gerade bin ich vom Einkaufen heimgekommen und muß mir nun hurtig meinen Grant von der Seele schreiben, damit ich nicht noch platze! Was mir passiert ist? So direkt passiert ist mir nichts, ich habe bloß beim Greißler einem Gespräch zuhören müssen, das mich beinahe in Weißglut gebracht hat. Stehen da bei der Pudel zwei Frauen, rosig und kugelrund und so um die fünfzig herum. Über das »Problem mit den Alten« reden sie. Und die eine erzählt, daß sie eine Nachbarin hat, die »unheimlich stur und stützig« ist. Sieht schlecht, hört schlecht, geht schlecht, »derschnauft's« fast nimmer und will trotzdem nicht in ein Altersheim! Und die andere benickt das emsig und sagt, daß sie mit ihrem Schwiegervater auch so ein »Kreuz« hat, der ist vom gleichen Kaliber und stellt sich taub, sooft man mit ihm über das Altenheim reden will! Dabei liegt bei ihm daheim der Staub millimeterhoch, und der Teppich ist verdreckt, und das Gulasch, das er sich kocht, schmeckt grauslich. Aber er will ja nicht einmal eine Heimhilfe, und das Essen auf Rädern lehnt er auch ab! Und dann fangen die zwei Dudeln direkt zum Schwärmen über Altenheime an. Von den schönen Gärten und den hübschen Zimmern und dem guten Essen und der lieben Betreuung! Da ist mir die Galle übergelaufen, ich habe mich eingemischt und gefragt: »Also, wenn's im Heim so schön ist, warum gehn S' dann nicht selber rein?« Antwortet mir die eine Dudel: »Ich? Wieso ich? Ich kann ja noch selber für mich sorgen!« Antwortet mir die andere Dudel: »Aber wer nimmer kann, der muß eben!« Da habe ich mich umgedreht und bin raus aus der Greißlerei.

Hat ja keinen Zweck, daß mein Blutdruck noch steigt, wegen der zwei Blunzen! Aber gern hätte ich mich schon noch bei denen erkundigt, was »nimmer können« eigentlich heißt. Und wer bestimmt, wann jemand »nimmer kann«? Ob jemand kann oder nicht mehr kann, das kann doch wohl nur er selbst wissen. Und wenn der Schwiegervater der einen und die Nachbarin der anderen meinen, noch zu können, dann hat man das zu akzeptieren! Wenn dem Schwiegervater das grausliche Gulasch lieber ist als ein prächtiges Senioren-Menü im Heim, dann ist das seine Sache. Wenn der Staub in seiner Wohnung wirbelt, geht das seine Schwiegertochter einen Schmarrn an! Wenn sie sich schon so Sorgen macht, dann kann sie ja Gulasch kochen kommen und Staub wischen! So, jetzt hab' ich mir den Grant von der Seele geschrieben, jetzt ist mir leichter!

Eure Oma

Werter Nachwuchs

Jeder Mensch macht Fehler in seinem Leben, und nur die allergrößten Hornochsen gestehen sich das nicht ein. Gerade wenn man alt ist, hat man viel Zeit, nachzudenken und sich zu erinnern. Und ich versichere Euch, da macht man so etwas wie eine »Bilanz«. Da fällt einem nicht nur ein, was man im Leben so alles getan hat, sondern auch, was man anderen »angetan« hat. Sicher, sicher, werter Nachwuchs, man versucht, sich selber nicht allzu weh zu tun! Man hat seine Entschuldigungen, seine Erklärungen, vielleicht sogar seine Ausreden. Man sagt sich: Das habe ich damals eben nicht besser verstanden, da war ich in einer so schwierigen Lebenslage, da... und... und... und... Aber daß man vor sich selber seine Fehler zugibt, heißt noch längst nicht, daß man sie auch vor anderen Menschen zugibt. Und leider schon gar nicht vor denen, an denen man sie begangen hat! Schaut Euch doch nur Euren Großonkel Bertl an. Ihr irrt wirklich, wenn Ihr denkt, der sei nichts als ein selbstherrlicher, selbstgerechter Depp. Und wenn er auch tausendmal die Erziehungsmethoden verteidigt, mit denen er seinerzeit seine arme Tochter traktiert hat, und wenn er auch jedesmal erklärt, seine Fini habe »eher zu wenig als zu viel Watschen abgehaselt«, so bin ich mir doch ganz sicher, daß ihm neunundneunzig Prozent dieser Watschen jetzt leid tun! Woran ich das merke? Na, schaut Euch einmal an, wie er mit seiner Enkeltochter so umgeht. Von der Rute, die man nicht sparen soll, ist da überhaupt nicht mehr die Rede! Dabei ist diese »Mausi« wahrlich ein Quälgeist, bei dem sogar einer so geduldigen Frau wie mir die Hand ausrutschen könnte. Aber der Bertl erträgt dieses unangenehme Kind mit wahrer Engelsgeduld. Und versucht noch dazu, seiner Tochter beizubringen, daß nicht »rohe Gewalt«, sondern nur Geduld und Liebe etwas bringen können. Ich bin mir ganz sicher, daß er damit seiner Tochter zeigen will, daß er sich geändert hat. Natürlich wäre es gescheiter, ihr das einmal richtig zu sagen. Aber das schafft er halt nicht, der sture Bock! Und so kapiert es die Fini natürlich auch nicht. Verbittert hält sie ihm vor: »Wär' schön gewesen, Papa, wenn du zu mir auch einmal, wenigstens einmal im Jahr so einfühlsam gewesen wärst!« Und er, der alte Esel, sagt drauf: »Du hast eine harte Hand gebraucht!« Der tät' sich eher die Zunge abbeißen, als zuzugeben, daß er kein guter Vater gewesen ist. Aber er tut wenigstens als Großvater reuige Buße, und das ist ja auch schon etwas, meint

Eure Oma

Werter Nachwuchs

Gerade war die Smekal bei mir und ist mir wieder einmal mit ihren »tiefsinnigen Reden« auf die Nerven gegangen. In letzter Zeit hat sie es nämlich schwer mit der »Wiedergeburt«. Ihr reicht ein einziges Leben hier auf Erden nicht! Je älter sie wird, umso mehr liebäugelt sie damit, daß sie vielleicht schon etliche Male gelebt haben könnte. Zuerst wollte ich mich dazu gar nicht äußern, weil ich mir gedacht habe: Wenn's ihr eine Beruhigung ist, soll sie es halt glauben!

Aber wie sie dann auch noch angefangen hat, über mein »nächstes Leben« nachzudenken, und mir vorausgesagt hat, daß ich garantiert etwas »Besseres« im nächsten Leben zu erwarten habe, weil ich im jetzigen angeblich ein guter Mensch bin, da ist mir die Geduld gerissen, und ich habe sie ausgelacht. »Liebe Smekal«, habe ich zu ihr gesagt, »ich werde sicher nicht mehr wiedergeboren!«

Da ist sie abgerauscht und hat dabei gemurmelt: »Ihnen fehlt halt der höhere Sinn!«

Wie die Smekal dann weg war, habe ich mir überlegt, daß sie eigentlich gar nicht so unrecht hat! Es gibt eine Wiedergeburt! Und ich, werter Nachwuchs, bin sogar schon wiedergeboren! Und ich werde weiterleben, auch wenn ich schon längst tot sein werde!

Meine Himmelfahrtsnase und meine Lachgrübchen werden in Dir weiterleben, liebe Tochter, und mein Hang zu kaputten Bandscheiben in Dir, werter Herr Sohn! Und mein guter Enkel hat, sehr zu seinem Leidwesen, exakt meine abstehenden Ohren! Gestern erst hat der Herr Franz zu mir gesagt: »Also, Ihr Enkerl, die Gabi! Wie die lacht! Und was die für einen Gang hat! Und ihre Stimme! Man könnte glatt meinen, die junge Emma wäre wiederauferstanden!«

Meine Liebe zu allen Viechern, einschließlich der Regenwürmer und Spinnen, lebt in Dir weiter, lieber Enkel! Und meine Abneigung gegen »große Worte« und sentimentales Geschwafel in Dir, liebe Enkelin!

Zwei Generationen haben bei mir nicht nur das Laufen und das Löffelhalten und das Topferlgehen, sondern auch das Reden und Denken und Fühlen gelernt. Dabei habe ich viel von mir an Euch weitergegeben. Und das habt Ihr nun; selbst wenn Ihr damit gar nicht besonders zufrieden sein solltet! Ich stecke in Euch drinnen. In jedem von Euch ein bißchen. In Euren Körpern, in Eurem Denken und in Eurem Fühlen auch. Ich habe es also weit besser als die Smekal! Die rätselt herum, als »wer und was« sie wieder auf die Welt kommen wird. Ich weiß es schon! Das findet sehr beruhigend

Eure Oma

Werter Nachwuchs

Ich sitze bei meinem Küchentisch und bin sehr traurig. Ursache für dieses triste Gefühl ist ein kleines, abgegriffenes Büchlein, gebunden in marmoriertes Papier. Es hat Leinenecken, einen Leinenrücken und am hinteren Deckel eine Schlaufe aus Leder, wo man einen Bleistift durchstecken kann. Ein uraltes Notizbuch also. Auf der ersten, gelb vergilbten, braunfleckigen Seite steht: GEDANKEN. Und darunter: BEGONNEN 1917.
Über zweihundert Seiten hat das uralte Notizbuch. Alle sind eng beschrieben. Das erste Drittel in zierlicher Kurrentschrift mit feinster Feder, das zweite Drittel in schwungvoller Lateinschrift mit weicher Füllfeder. Das letzte Drittel ist mit Kugelschreiber geschrieben, und die Buchstaben sind schon sehr zittrig und schwer zu lesen. Was ja auch kein Wunder ist, denn das Buch hat der Frau Dobelhofer gehört, und die ist vor ein paar Wochen, im Alter von dreiundneunzig Jahren, gestorben. Das sieht man, weil sie immer das Datum dazugeschrieben hat.
Am 4. Juli 1917 hat die Dobelhofer, damals muß sie gerade achtzehn Jahre alt gewesen sein, in das Büchlein geschrieben: »Wenn etwas gewaltiger als das Schicksal ist, so ist es der Mut, der's unerschüttert trägt!«
Die letzte Eintragung, schon kaum mehr zu entziffern, heißt: »Ich bin sehr müde geworden. Weich und leise tickt die Zeit weg.«
Wißt Ihr, woher ich das kleine Notizbuch habe? Zwischen lauter Dreck und Mist habe ich es aus den Kolonia-Kübeln herausgezogen. Die Enkel und Urenkel haben gestern die Wohnung der Dobelhofer geräumt und »besenrein« gemacht. Was ihnen gefallen hat, haben sie mitgenommen. Das andere haben sie dem Entrümpelungsdienst überlassen. Der hat auch mitgenommen, was ihm gefallen hat. Den Rest hat er in die Mistkübel gestopft.

Die waren davon natürlich ganz voll, und wie ich versucht habe, für meinen Abfall ein bißl Platz zu schaffen, habe ich das Notizbuch entdeckt. Ich habe es abgewischt, und heute am Morgen, wie der eine Enkel der Dobelhofer gekommen ist, um nachzuschauen, ob wirklich alles »besenrein« ist, wollte ich es ihm geben.

»Da drin«, habe ich gesagt, »hat Ihre Großmutter alles aufgeschrieben, was ihr wichtig war!«

Blöd hat er mich angeschaut, dann hat er zögernd und mit spitzen Fingern das Büchlein genommen, hat »Danke schön« gemurmelt und ist gegangen. Wie ich dann einkaufen gegangen bin, ist das Notizbuch im zweiten Stock auf dem Gangfensterbrett gelegen. Nicht einmal zwei Zentimeter Platz in seinem Bücherregal hat der Kerl für seine Großmutter frei! Ist das vielleicht kein Grund zum Traurigsein? fragt sich

Eure Oma

Werter Nachwuchs

Gerade hat mich die Helli angerufen. Ganz verstört und durcheinander war sie. Richtig verzweifelt! So habe ich sie überhaupt noch nie erlebt!

Nein, nein, ihrem alten Kater geht es gut. Dem fehlt nichts. Und mit ihrem Haus und dem Garten ist auch alles in Ordnung. Es geht darum, daß die Helli heute in der Früh von ihrem Greißler erfahren hat, daß er Ende des Jahres in die Rente geht und den Laden schließt. Er hat niemanden gefunden, der bereit wäre, die Greißlerei weiterzuführen. Der Geschäftsgang, hat er gesagt, ist nicht so, daß da jemand Interesse hätte. Die alten Leute, die in der Siedlung wohnen, sind ja keine »großen Konsumenten«, und die jungen Leute fahren mit dem Auto in den Supermarkt einkaufen. Dort ist die Auswahl größer und das Bier und das Waschpulver billiger, als es der alte Greißler »im Einkauf« bekommt.

»Wenn der Greißler zusperrt, können wir Alten verhungern«, hat die Helli zu mir gesagt.

»Aber geh!« habe ich geantwortet. »Bei uns verhungert doch keiner. Irgend etwas wird sich schon ergeben!« Doch was sich da ergeben könnte, ist mir auch nicht eingefallen.

Es war ja schon der Weg zum Greißler für die Helli beschwerlich genug. Mit ihrer Radl-Tasche hat sie durch die halbe Siedlung müssen, und im Winter, wenn es geschneit hat oder eisig war, hat sie den Weg nicht gewagt. Doch da hat sie dann beim Greißler angerufen, und der hat ihr, was sie gebraucht hat, in der Mittagspause vorbeigebracht; auch wenn es nur eine Knackwurst gewesen ist!

Angeblich, sagt die Helli, gibt es irgendwo in der Gegend ein Geschäft, das telefonisch Bestellungen aufnimmt und zustellt. Aber nur, wenn die Rechnung mehr als 500 Schilling ausmacht. Soviel ißt die Helli in einer Woche nicht!

Natürlich kann Helli ihre jungen Nachbarn bitten, ihr am Samstag, wenn die in den Supermarkt fahren, etwas mitzunehmen. Aber das reicht doch nicht! Und außerdem ist der Siedlungs-Greißler für die alten Leute doch auch so etwas wie ein »Haus der Begegnung«. Der Plausch mit dem Greißler und den Kundschaften, die im Laden waren, war für die Helli an vielen Tagen der einzige Kontakt zu anderen Menschen.

Ich sehe ja ein, daß ein Greißler nicht von einer Handvoll alter Leute in einer Siedlung leben kann. Aber die alten Leute dort, die können ohne ihn nicht leben! Vielleicht ist es dumm, aber ich denke mir: Wenn es für die Alten, die nicht mehr kochen können, ein »Essen auf Rädern« gibt, könnte es doch auch für die Alten, denen man die Nahversorgung genommen hat, einen »Greißler auf Rädern« geben.

                                                      Eure Oma

Werter Nachwuchs

Ich habe ja wirklich nichts dagegen, wenn Eltern ihren Kindern das »Schön-Sprechen« unbedingt beibringen wollen! Obwohl mir manchmal die Grausbirnen aufsteigen, wenn ich zuhören muß, wie Mamas und Papas dabei ins Schwitzen kommen und die Grammatik durcheinanderbringen und so schöne Sachen sagen wie »Xandi, tu die Mama nicht ärgern tun« oder den ersten mit dem vierten Fall verwechseln, und was es da halt alles so an Übersetzungsfehlern vom Dialekt ins Hochdeutsche gibt. Da denke ich mir dann immer: »Schuster, bleib bei deinem Leisten und red, wie dir der Schnabel gewachsen ist!«

Laßt doch, werter Nachwuchs, den Dialekt nicht aussterben! Im Dialekt steckt nämlich eine Wahrheit drin, die verlorengeht, wenn man »nach der Schrift reden tut«. Zumindest aber braucht man auf Hochdeutsch viele Sätze, wo man im Dialekt mit ein paar Wörtern auskommt.

Gerade heute ist mir das wieder einmal aufgefallen. Ich treffe die Wondraschek und frage sie, was denn eigentlich mit dem alten Herrn Kratochwil ist. Weil mir eingefallen ist, daß ich den schon ewig nicht mehr gesehen habe. Ob er am Ende gar schon gestorben ist, frage ich sie. Oder ob er in ein Altersheim gekomen ist?

Und die Wondraschek sagt mir, daß sie es auch nicht so genau wisse. Ja, sagt sie, wenn sie sich recht erinnert, dann ist er in ein Altersheim gekomen! Aber was dann aus ihm geworden ist, davon hat sie keine Ahnung. Und dann sagt sie noch: »Ja, jetzt fallt's mir wieder ein! Irgend jemand hat mir erzählt, daß er ganz vergessen sein soll!«

Womit die Wondraschek natürlich gemeint hat, daß er »ganz vergeßlich« geworden ist. Im alten Wiener Dialekt gibt es da keinen Unterschied! Und ich bin mir ganz sicher, werter Nachwuchs, daß der Dialekt damit recht hat!

Hätten wir alle, die Nachbarn und Verwandten und die Freunde, den alten Herrn Kratochwil nicht ganz vergessen, wäre er jetzt auch nicht »ganz vergessen«.

Mit einem einzigen Wort deckt der Dialekt da einen sehr traurigen Zustand auf. In der Hochsprache müßte man das erst lang und breit erklären, müßte sagen, daß das Hirn eines Menschen verkümmert, wenn er keinen Kontakt mehr zu anderen Menschen hat, daß die Verkalkung schneller voranschreitet, wenn jemand keine Anregungen mehr bekommt, und daß die geistige Leistung rapide nachläßt, wenn man total isoliert ist... und so weiter... und so fort...

Der Dialekt schafft das mit einem einzigen Wort, das – leider – jede Deutschlehrerin rot anstreichen würde. Man muß halt hinhören können, werter Nachwuchs! Verlernt es bitte nicht, meint

Eure Oma

Werter Nachwuchs

Selbst wenn ich hundert Jahre alt werden sollte, werde ich wahrscheinlich dann noch immer nicht wissen, wieviel und wie oft man sich in die Angelegenheiten von anderen Leuten einzumischen hat. Hundertmal am Tag frage ich mich nämlich: Emma, geht dich das etwas an oder nicht?

Soll der Mensch ungefragt und ungebeten gute Ratschläge geben? Ist die Tatsache, daß man besser Bescheid weiß als ein anderer, schon ein ausreichender Grund dafür, sich einzumischen und zu belehren?

Sicher ist, daß man sich nicht immer beliebt macht, wenn man ständig »seinen Senf« dazu gibt. Und in neunundneunzig Prozent der »Senfzugaben« hat man ja höchstens den Erfolg, daß man hinterher sagen kann: »Also, ich habe es Ihnen ja gleich gesagt, aber Sie haben mir ja nicht glauben wollen!« Womit man sich üblicherweise noch unbeliebter macht.

Daraus wäre im Grunde genommen zu folgern, daß es besser ist, stumm und gelassen zuzuschauen, wie die Mitmenschen in ihr kleines oder großes Unglück rennen.

Die Pribil, zum Beispiel, ist so vergeßlich, daß sie jedes dritte Mal, wenn sie aus der Wohnung geht, ihre Schlüssel auf dem Küchentisch liegenläßt. Und exakt in dem Augenblick dann, wo sie die Tür hinter sich zugezogen hat, fällt ihr das ein! Dann steht sie jammernd da, und ich muß den Aufsperrdienst anrufen, und der kostet viel Geld, und die Pribil hat doch nur eine kleine Rente.

Also habe ich vor einer Woche, wie ich auf den Gang hinaus gegangen bin und die Pribil ausgehfertig in ihrer offenen Wohnungstür stehen gesehen habe, freundlich zu ihr gesagt: »Schaun S' nach, ob S' Ihre Schlüssel eingesteckt haben!« Und was sagt die Pribil? Sie sagt: »Frau Emma, behandeln S' mich nicht immer wie ein kleines Kind!«

»O Pardon«, habe ich gemurmelt und mir fest vorgenommen, komme was da wolle, die Pribil nicht mehr mit gutgemeinten Ratschlägen zu belästigen.

Heute in der Früh nun sehe ich, daß die Pribil auf dem Gang draußen steht und Schuhe putzt. Und ich sehe auch, daß nicht nur ihre Wohnungstür offensteht, sondern auch ein Gangfenster. Und heute weht ja ein ziemlich starker Wind!

Ich denke mir: Gleich wird der Zug der Pribil die Tür zuschlagen! Aber ich denke auch an vorige Woche und halte den Mund. Na, und jetzt steht die Pribil mit dem Mann vom Schlüsseldienst auf dem Gang draußen und jammert, daß es einen erbarmen könnte! Ein Satz von mir hätte der armen Frau siebenhundertfünfzig Schilling ersparen können! Aber wie, zum Kuckuck, soll man denn wissen, wann das Einmischen erwünscht ist und wann man sich bloß den Mund verbrennt, fragt sich – wohl bis an ihr Lebensende –

Eure Oma

Werter Nachwuchs

Gerade habe ich wieder einmal in der Zeitung einen langen Artikel über die sogenannte »Alterspyramide« gelesen. Im Jahre 2030, ist da gestanden, wird jeder dritte Mensch alt sein!

Und so wie dieser Artikel – und die anderen diesbezüglichen, die ich gelesen habe, auch – geschrieben war, klingt das wie eine schreckliche Drohung, ganz wie: »Die Heuschrecken kommen!«

Der Vergleich mit den Heuschrecken dürfte wirklich passend sein, denn die Heuschrecken fressen alles kahl, wo sie einfallen, und von den zukünftigen Alten befürchtet man das wohl auch.

Die Furcht ist nicht unbegründet, wenn man weiterhin »alt sein« und »im Ruhestand sein« gleichsetzen wird. Bleibt man bei dieser Gleichsetzung, würde in vierzig Jahren jeder Mensch der »mittleren Generation« einen noch nicht berufstätigen und einen nicht mehr berufstätigen Menschen zu erhalten haben, und das kann einem ja wahrlich die Gänsehaut über den Rücken laufen lassen.

Man wird also das Umdenken lernen müssen, werter Nachwuchs! Man wird einsehen müssen, daß nicht jeder Mensch nach seinem sechzigsten Geburtstag »zum alten Eisen« gehört, welches, notdürftig mit Rente versorgt, im Ruhestand zu verrosten hat.

Gar so schwer könnte diese Einsicht eigentlich doch nicht sein. Nur ein kleines Beispiel: Der Ploderer, der Elektriker, der bei mir im Haus sein Geschäft hat, sucht eine Bürokraft, die darf aber auf keinen Fall älter als vierzig Jahre sein, und einen fünfundfünfzigjährigen Gesellen stellt er unter Garantie nicht ein!

Doch er selber ist weit über sechzig und denkt noch längst nicht daran, »dem Buben«, der über vierzig ist, das Geschäft zu übergeben!

Wieso kann der Kerl nicht einsehen, daß er mit seiner Tatkraft und seinem – immer noch – regen Verstand keine Ausnahme ist?

Wenn man sich umschaut, in der Politik, in der Wirtschaft, in der Kunst, überall sind es »Alte«, die Spitzenleistungen erbringen. Jeder zweite »Boss« müßte sich selber in Pension schicken, würde er die »Altersgrenze«, die er seinen Angestellten so rigoros auferlegt, auch für sich selber als passend sehen.

Mißversteht mich nicht, werte Nachkommen, ich will absolut nicht, daß alte Menschen arbeiten müssen! Ich will nur, daß man sie arbeiten läßt, wenn sie es wollen.

In einem halben Jahrhundert werden sie ohnehin wollen müssen, meint

Eure Oma

Werter Nachwuchs

Mir ist zu Ohren gekommen, daß Ihr der Ansicht seid, ich käme mit meinem Haushalt von Jahr zu Jahr schlechter zurecht. Von wem ich das gehört habe, tut nichts zur Sache. Es mag ja sein, daß die Person, die mir das »gesteckt« hat, ein bißchen übertrieben hat. Vielleicht habt Ihr Euch nicht ganz so kraß ausgedrückt, wie mir das dann übermittelt worden ist. Aber richtig gelogen hat diese Person sicher nicht, denn sie hat ein paar Details erwähnt, welche sie nur von Euch haben kann! Die Spinnweben oben am Plafond im Klo zum Beispiel! Und die schlecht ausgebürsteten Flecken auf dem Wohnzimmerteppich, wo mir der Teller mit der Suppe aus der Hand gerutscht ist! Mich hat das ein bißchen gekränkt. Nicht nur, weil Ihr hinter meinem Rücken so über mich redet, sondern vor allem deshalb, weil ich bisher meinte, mit meinem kleinen Haushalt noch sehr gut zurechtzukommen. Und darauf war ich stolz! Nun, werter Nachwuchs, Ihr seht das also anders. Aber was heißt denn eigentlich »zurechtkommen«? Das heißt doch wohl in erster Linie, daß ein Mensch das Maß an Ordnung und Sauberkeit um sich herum hat, das er braucht. Und mir reicht das Maß an Ordnung und Sauberkeit, das ich habe! Nehmen wir die Spinnweben auf dem Klo. Nicht einmal mit dem längsten Staubwedel komme ich bis zum Klo-Plafond hinauf. Früher bin ich auf die Muschel raufgestiegen, habe mich gestreckt und auf den Zehenspitzen staubgewedelt. Das traue ich mich jetzt nicht mehr. Wäre auch blöd von mir, wegen ein paar Spinnweben einen Schenkelhalsbruch zu riskieren. Noch dazu, wo ich diese Spinnweben ohnehin kaum mehr ausnehmen kann. Oder die Flecken auf dem Teppich! Klar könnte ich mir eine Teppichreinigung leisten. Klar wäre es mir lieber, einen blitzsauberen Teppich zu haben! Aber da müßte ich mir jemanden engagieren, der den Teppich in die Putzerei bringt und wieder abholt. Sicher, auch das könnte ich mir leisten. Aber es gibt ja in einem Haushalt hundert Dinge, die eine alte Frau nicht mehr selber erledigen kann. Sich die alle gegen Bezahlung machen zu lassen, dazu reicht meine Pension nicht. In meinem Alter kann man entweder bei seinen alten Ansprüchen bleiben, was Sauberkeit und Ordnung betrifft, dann muß man seinen Haushalt auflösen und in ein Heim gehen. Oder man paßt seine Ansprüche der Kraft an, die man noch hat, und gibt sich in den eigenen vier Wänden damit zufrieden, meint

                                                  Eure Oma

Werter Nachwuchs

Mein lieber Mann, der ja stets einen Sinn für bitterbösen Humor hatte, sagte oft: »Gegen das Altwerden gibt es nur ein Mittel! Nämlich jung sterben!«

Da aber die meisten Menschen von diesem Mittel nicht viel halten, müssen sie sich mit dem Altwerden abfinden. Nur, wann ist man eigentlich alt?

Als ich sieben Jahre alt war und in die Volksschule kam, da gefiel mir das Fräulein Lehrerin überhaupt nicht, weil sie mir zu alt war. Angeblich habe ich mich bei meiner Mutter beschwert: »Die ist ja gar kein Fräulein, die ist uralt!«

Achtundzwanzig Jahre war das uralte Fräulein Lehrerin! Und wie ich selber achtundzwanzig Jahre alt war, ist mir unsere fünfundfünfzigjährige Nachbarin sehr alt vorgekommen. Und wie ich dann im Alter der Nachbarin war, habe ich fünfundfünfzig für »relativ jung« gehalten. Alt, habe ich gedacht, ist man ab siebzig. Und jetzt? Jetzt sage ich, wenn von der Frau Breinstingl und ihrem ewigen Grant die Rede ist: »Na ja, sie ist halt schon alt, mit neunzig kann man schon schrullig werden!«

Ich gestehe Euch, werter Nachwuchs, ich fühle mich nicht alt. Zumindest nicht sehr oft. Jedenfalls überkommt mich das Gefühl, der Welt einen Haxen ausreißen zu können, und dieses Gefühl gilt ja als ein sehr jugendliches, noch ziemlich oft.

Ich will nicht geschwollen daherschwafeln, von »im Herzen jung geblieben« und solchen Sachen. Das müssen die anderen beurteilen, das kann ich nicht von mir selber sagen. Ich fühle mich halt einfach oft gar nicht alt. Wenn mir das Leben Spaß macht, wenn mir gerade nichts weh tut, wenn die Sonne scheint, wenn ich im Radio Musik höre, die mir gefällt, mit einem Wort, wenn es mir gutgeht, dann verschwende ich keinen Gedanken daran, daß ich nur noch ein paar Brottag' vor mir habe. Dann kann es sogar passieren, daß ich Pläne für die Zukunft mache, ganz so, als hätte ich noch Jahrzehnte vor mir. Gestern, in so einer »jungen« Stunde, habe ich mir doch glatt überlegt, ob ich mir nicht eine neue, moderne Zimmereinrichtung kaufen soll!

Natürlich holt einen dann der alte Körper mit seinen Wehwehchen wieder in die Realität zurück, und man verzichtet auf die neuen Möbel und sagt sich: »Emma, du spinnst ja, das zahlt sich nimmer aus!«

Aber schön, werter Nachwuchs, sind diese »jungen Stunden« trotzdem. Erst wenn ich die nicht mehr haben sollte, dann werde ich wirklich alt sein, meint

Eure Oma

Werter Nachwuchs

Ich war ja noch nie im Rechnen die Allerbeste, aber wenn ich mir so anschaue, was um mich herum vorgeht, dann frage ich mich doch, ob die, die in unserem Land fürs Geldausgeben und fürs Sparen mit öffentlichen Geldern zuständig sind, nicht noch wesentlich schlechter im Rechnen sind! Nehmen wir zum Beispiel die alte Frau Meisenberger. Die geht demnächst, weil sie es allein nicht mehr schafft, in ein Altersheim. Gern tut sie das natürlich nicht, aber sie hat zu mir gesagt: »Frau Emma, was bleibt mir schon anderes übrig, ich pack's halt nimmer!« Was die alte Frau Meisenberger nimmer »packt«, ist ihr altmodischer Haushalt. Die Meisenberger ist alleinstehend, hat keine Kinder und eine sehr kleine Pension. Und die hat nie dazu gereicht, ihre Wohnung zu modernisieren. Sie hat nicht einmal fließendes Wasser in der Wohnung. Sie muß das Wasser von der Bassena holen. Waschmaschine hat sie natürlich auch keine. Alles muß sie im Lavoir auswaschen und im Topf am Gasherd auskochen. Am schlimmsten ist es aber mit dem Heizen. Zwei alte Kohleöfen hat sie, und die Kamine, an die die Öfen angeschlossen sind, ziehen schlecht. Das Einheizen und Nachlegen und das Ascheausräumen schafft die alte Frau kaum mehr. Die kriegt ja nicht einmal mehr den vollen Kohlenkübel zum Ofentürl hinauf! Und dazu muß sie noch die teuren Kohlen im Zehnkilosackerl kaufen! Und dem Kohlenträger muß sie jede Woche ein fettes Trinkgeld geben, damit der überhaupt bereit ist, die Sackerln in den dritten Stock raufzutragen. Zu einem günstigen Preis im Keller Brennmaterialien einlagern kann die Meisenberger ja nicht, weil sie doch nicht tagtäglich einen schweren Kohlenkübel vom Keller in den dritten Stock schleppen kann. Die ist schon froh, wenn sie sich selber über die fünfundsiebzig Stufen raufschleppt! Hätte die alte Frau alle diese Unbequemlichkeiten nicht, könnte sie noch gut und gern jahrelang allein und daheim, in ihren eigenen vier Wänden, leben. Und wenn ich nun bedenke, wieviel der Staat im Monat draufzuzahlen hat, wenn die alte Meisenberger dann im Altersheim hockt und dort kreuzunglücklich ist, dann brauche ich gar nicht viel herumzurechnen, um festzustellen, daß es weitaus billiger käme, der Frau mit öffentlichem Geld das Wasser einleiten zu lassen und ihr eine Gasheizung zu installieren. Billiger wär's, und glücklicher wäre die Meisenberger! Aber anscheinend sind für die Kapazunder die einfachsten Rechnungen die allerschwersten, meint

Eure Oma

Werter Herr Sohn

Ich weiß, ich weiß! Eine Großmutter hat sich in die Erziehung, die Eltern ihren Enkeln angedeihen lassen, nicht einzumischen! Das hast Du mir, werter Herr Sohn, schon oft genug zu verstehen gegeben! Und ich versuche ja auch, mich da, soweit als möglich, herauszuhalten. Aber erstens einmal sind meine Enkel ja nun keine Kinder mehr. Die sind bereits erwachsen. Widersprich mir da bloß nicht! Als Du im Alter Deines Sohnes warst, hast Du mir tagtäglich erklärt: »Mama, ich bin kein Kind mehr!« Also wird das wohl auch für Deinen Sohn stimmen. Und zweitens: Verflixt noch einmal, was soll ich denn tun, wenn Dein Sohn oder Deine Tochter zu mir kommen und sich bei mir über Dich beschweren und sich ausweinen? Wie? Ich soll ihnen sagen, daß Du ein guter und weiser Vater bist und daß Du schon recht haben wirst? Und das, werter Sohn, soll ich auch dann sagen, wenn es überhaupt nicht meiner Meinung entspricht? Wenn Du Dich wie ein sturer Hornochse benimmst und Dich Deinen Kindern gegenüber sehr ungerecht verhältst, dann sage ich denen das wahrlich nicht so unverblümt und geradlinig raus. Dann versuche ich immer noch, ihnen zu erklären, daß Du halt überarbeitet und nervös und mit Sorgen bepackt bist. Und wenn Deine Tochter bei mir ist und schluchzt, daß Du sie überhaupt nicht liebst, dann versuche ich, ihr das auszureden. »Aber nein, dein Papa hat dich sehr lieb, wirklich«, beteuere ich dann hundertmal; obwohl ich mir da gar nicht immer so sicher bin, weil ich mir leider oft denken muß: Ein Mensch, der mit seiner Tochter so herumbrüllt und ihr das Leben so schwer macht, der kann sie nicht sehr liebhaben! Auch wenn es Dir nicht aufgefallen sein sollte, werter Herr Sohn, es ist schon oft an meinem »guten Zureden« gelegen, daß die »dicke Luft« zwischen Dir und Deinen Kindern gewichen ist. Wenn man mit denen nämlich vernünftig redet, dann sehen sie allerhand ein. Mindestens dreimal schon wäre Dein Sohn mit Sack und Pack von daheim ausgezogen, hätte ihn seine Oma nicht dazu überredet, den Entschluß noch einmal zu überschlafen. Behaupte also ja nicht mehr, daß ich Dir in den Rücken falle, denn das ist blanker Unsinn. Du kannst aber ruhig weiter sagen: »Ja, ja, unsere Oma nimmt ihre Enkel immer in Schutz!« Nur mit so einem bitteren Unterton in der Stimme brauchst Du es nicht zu sagen! Wenn Du sie liebhast, wirklich lieb, dann sei froh, daß da jemand ist, der sie in Schutz nimmt, meint

                                                Deine Mutter

Werter Nachwuchs

Gestern treffe ich die alte Pribil auf dem Gang, sie schaut mich unheimlich forschend an, dann fragt sie mich: »Sagen S', Frau Emma, haben Sie eigentlich schon alles geregelt?« Frage ich zurück: »Was soll ich warum geregelt haben?« Sagt sie: »No alles! Damit es hinterher keine Schererein gibt!«

Ich verstehe noch immer nicht, was die Pribil meint, da fährt sie fort: »Sonst geht es Ihren Erben so wie den Kindern von der Steiner! Die kennen sich hinten und vorne nicht aus und suchen schon seit Wochen nach dem Zettel, auf dem die Steiner die Losungsworte für die Sparbücher aufgeschrieben hat!«

Will ich die Pribil beruhigen und sage: »Frau Pribil, ich bin sowieso ein halbwegs ordentlicher Mensch, bei mir liegt alles auf seinem Platz, da braucht keiner drei Wochen zu suchen. Und Sparbuch hab' ich nur eines, und meine Kinder kennen das Losungswort, weil sie schon oft für mich von dem Sparbuch Geld abgehoben haben!«

Aber die alte Pribil ist noch immer nicht zufrieden mit mir und fragt weiter nach. »Und wegen Ihrem Begräbnis?« fragt sie. »Haben Sie da schon alles bestimmt?« Einigermaßen gereizt antworte ich: »Also, werte Frau Nachbarin, das ist ja dann wohl nicht mehr meine Angelegenheit!« Na, da bin ich aber schön angekommen bei der Pribil! Sie hat mich in ihre Wohnung reingeschleppt und mir gezeigt, was ein »ordentlicher« Mensch in Sachen seines eigenen Begräbnisses alles zu tun hat! Nicht nur, daß die Frau eine lange Liste angelegt hat, auf der die Namen der Leute stehen, die sie auf ihrem Begräbnis zu sehen wünscht! Wobei sie anscheinend unentwegt umändert, denn viele Namen waren durchgestrichen. Aber vielleicht hat es sich dabei um Leute gehandelt, die schon gestorben sind. Wär' auch möglich! Sogar der Name der

Friedhofsgärtnerei, die ihr Grab später einmal pflegen soll, ist notiert und dazu der Hinweis, daß im Sommer Stiefmütterchen gepflanzt werden sollen, im Herbst Erika. Was sie für den Winter vorgesehen hat, ist mir entfallen. Ganz perplex war ich, wie ich das gesehen habe, und bloß gestammelt habe ich: »Aber Frau Pribil, ich leb' ja noch und habe die Absicht, in nächster Zeit damit fortzufahren!« Sie hat den Zeigefinger gehoben, damit gewakkelt und düster gesagt: »Die letzte Stund' kann über die Nacht kommen!« Sie hat ja recht, die liebe Pribil! Aber wenn ich mir das jeden Abend vorsagen müßt' und dann als »Betthupferl« meinen Partezettel lesen würd', dann, werter Nachwuchs, wär's mir ein Graus! Und der Pribil macht's Freud'! So verschieden ist der Mensch halt!

Eure Oma

Werter Nachwuchs

Als ich noch sehr jung war, habe ich mich immer darüber gewundert, daß sich viele Leute zu Neujahr oder sonstigen passenden Gelegenheiten »Gesundheit, Hauptsache Gesundheit« wünschen, und habe mir gedacht: Daß denen nichts Besseres einfällt? Wo es doch so viele herrliche Sachen gibt, die man sich selber und den anderen wünschen könnte!

Nun, alt geworden, weiß ich, daß es tatsächlich nichts Wichtigeres zu wünschen gibt als »Gesundheit, Hauptsache Gesundheit!« Weil man nämlich all die herrlichen Sachen, die das Leben zu bieten hat, gar nicht genießen kann, wenn einem die Gesundheit fehlt.

Und darum ist die fehlende Gesundheit unter uns alten Leuten auch das Gesprächsthema Nummer 1!

Früher, wenn ich der Pribil auf dem Gang begegnet bin und sie gefragt hab': »Wie geht's?«, hat sie höchstens »Dank der Nachfrag'« gemurmelt und mir dann gleich irgendwelche andere, »weltbewegende« Neuigkeiten erzählt, die sie tratschenderweise gerade von der Milchfrau oder vom Bäcker erfahren hat.

Nun, wenn ich die Pribil am Gang treffe und nach ihrem werten Befinden frage, dann gibt es außer diesem für die Pribil gar nichts »Weltbewegendes« mehr. So ich geduldig ausharre, kann sie mir mit dem detaillierten Bericht über ihren augenblicklichen körperlichen Zustand eine geschlagene Stunde lang die Ohren vollblasen. Und wenn ich keinen Widerstand leiste, dann schleppt sie mich in ihre Wohnung und liest mir, ganz so, als seien es spannende Kurzgeschichten, die Beipackzettel ihrer diversen Pillenschachteln vor.

Die Pribil ist gewiß ein Extremfall, aber ich merke, daß auch ich nicht fähig bin, dieses »Thema Nr. 1« zu vermeiden. Kommt die Mali zu mir zu Besuch, nehme ich mir fest vor: Heute rede ich kein Sterbenswort von meinen Wehwehchen! Heute rede ich nur von schönen, angenehmen Sachen!

Doch kaum sitzen wir beim Tisch und haben einen Schluck vom Kaffee getrunken, ist es schon wieder soweit! Meine kranken Füße, ihre kaputte Niere! Mein schwaches Herz, ihre rostigen Stimmbänder! Meine trüben Augen, ihre schwerhörigen Ohren! Und reden wir schon nicht von unseren eigenen Krankheiten, dann reden wir von den Krankheiten unserer Freunde und Bekannten. Wir zwei haben halt leider Gottes keine Freunde und Bekannten mehr, die pumperlgesund sind. Darum, werter Nachwuchs, tut es alten Menschen so gut, oft und regelmäßig mit jungen Leuten zusammen zu sein. Die haben lauter gesunde Freunde und Bekannte, die lesen einem keinen Beipackzettel aus der Pillenschachtel vor, für die ist »Gesundheit« kein Gesprächsthema. Und weil das so ist, kann man in der Zeit des Beisammenseins mit ihnen leichter auf seine Wehwehchen vergessen und auf andere Gedanken kommen, meint

Eure Oma

Werter Nachwuchs

In meinem Alter und bei meinem körperlichen Befinden habe ich damit zu rechnen, daß mir in absehbarer Zeit irgendwann einmal ein Krankenhausaufenthalt bevorstehen könnte. Ich merke es doch an meiner Umgebung! Kaum jemandem gelingt es, sein »hohes Alter« bis zum friedlichen Tod ausschließlich im eigenen Bett zu überstehen. Da kommt eine harmlose Grippe, und eine Lungenentzündung schlägt sich dazu! Da stolpert man, fällt hin und hat einen Schenkelhalsbruch! Da läßt sich das ewige Magendrücken nicht mehr mit Tausendguldenkrauttee beruhigen und entpuppt sich als Magengeschwür! Und schon bist du im Spital! Und weil so viele alte Leute dorthin müssen und ich – gottlob als Besucherin – also schon sehr oft in Spitälern gewesen bin, habe ich mich da aufmerksam umgeschaut. Ob ich da ein Krankenhaus entdeckt habe, wo die Betreuung wirklich »perfekt« war? Ach, werter Nachwuchs, nach Perfektion habe ich mich nicht umgeschaut. Ich suche ein Spital, aus dem ich auch wieder rauskomme! Eines, in dem ich nicht »entmündigt« werde und nicht zum kleinen Kind gemacht werde.

Wie oft habe ich es schon erlebt, daß jemand, der vor dem Krankenhausaufenthalt noch gut allein zurechtkam, hinterher in ein Altersheim mußte. Anscheinend macht es unsereinem den »Garaus«, wenn einen »aufopfernde« Pfleger füttern und waschen und kämmen und im Rollwagerl herumfahren. Ich wünsch' mir ein Spital, wo die Pfleger den Ehrgeiz haben, mich schnell wieder loszuwerden und mir deshalb Hilfeleistung geben, das Alleinleben nicht zu verlernen.

Was einem alten Menschen im Spital geschehen kann, sieht man am Schneider. Der hat, weil er vierzig Jahre lang Kellner in einer Nachtbar gewesen ist, auch wie er dann in Pension war, seine Schlafzeit nicht mehr ändern können. Um fünf in der Früh hat er sich ins Bett gelegt, am Nachmittag ist er aufgestanden. Dann ist er, wegen der Galle, ins Spital gekommen. Schlafpulver haben sie ihm gegeben, damit er sich den spitalsüblichen Schlafzeiten anpaßt. Jetzt, vier Wochen später, ist er wieder daheim und kann überhaupt nicht richtig schlafen und ist total durcheinander. Im Spital, das ich mir wünsche, hätte der Schneider weiterhin am Tag schlafen und in der Nacht Kreuzworträtsel lösen dürfen. Dort würde man die Nowak auch nicht dauernd im Rollwagerl herumfahren, sondern sie selber humpeln lassen, auch wenn das zehnmal so lange dauern täte. Und mein Bett würde mit einer Längsseite an einer Wand stehen, weil ich sonst nur schwer einschlafen kann. Wie bitte? Da täten sich dann die Pfleger mit dem Bettenmachen schwer? Mag sein. Aber in meinem Wunsch-Spital wäre halt ein ordentlich gemachtes Bett nicht so wichtig wie das Wohlbefinden

Eurer Oma

Werter Nachwuchs

Als ich noch ein kleines Kind war, habe ich mir immer sehnlichst gewünscht, endlich groß und erwachsen zu sein, damit niemand mehr mit mir herumkommandieren kann und ich »mein eigener Herr« bin.

Als ich dann eine junge Frau war, zwei kleine Kinder hatte und in die Arbeit gehen mußte, habe ich mir immer gewünscht, die Zeit möge doch im Fluge vergehen, damit meine Kinder endlich groß und vernünftig und selbständig werden und ich mir, während ich in der Arbeit bin, keine Sorgen mehr um sie zu machen brauche.

Dann war der verdammte Krieg, und als er endlich zu Ende war, habe ich mir nichts sehnlicher gewünscht, als daß endlich bessere Zeiten kommen mögen. Wenn nur die nächsten drei, vier Jahre schon vorüber wären, habe ich mir immer gedacht.

Dann waren die Zeiten endlich besser, aber mir ist die Arbeit schon recht schwer gefallen, und ich habe mir jeden Morgen, wenn mich der Wecker um sechs wachgeklingelt hat, gewünscht, endlich in Pension gehen zu dürfen. Sogar einen »Pensionskalender« habe ich mir gemacht. Jede Arbeitswoche, die vergangen war, habe ich darin voll Genuß durchgestrichen und mir gedacht: Jetzt sind es nur noch neunzehn Monate bis zur Pension! Und: Jetzt sind es nur mehr elf Wochen!

Mein Lebtag lang habe ich also stets auf die Zukunft gehofft und mir von der eine Verbesserung meiner Lebensumstände erwartet. Gar nicht schnell genug hat mir die Zeit vergehen können.

Nun, da ich alt bin, habe ich mir diese Art zu denken abgewöhnen müssen. Das Hoffen auf die Zukunft ist nicht mehr meine Sache. Ich habe gelernt, in der Gegenwart zu leben. Um jeden Tag tut es mir leid; auch wenn es kein besonders schöner Tag für mich gewesen war.

Jetzt schaue ich den Kalender an und denke mir: Was, die Zeit kann doch nicht so schnell vergangen sein, daß morgen schon wieder Sonntag ist?

Wenn ich ehrlich zu mir bin, muß ich mir eingestehen: Ohne viel nach rechts und links zu schauen und ohne mir Zeit für eine Rast zu gönnen, bin ich – wie ein Langstreckenläufer – auf ein Ziel zugerannt.

Und nun, knapp vor diesem Ziel angekommen, würde ich gerne den Retourgang einlegen; doch einen solchen hat unsereiner ja leider nicht eingebaut.

Aber Ihr, die Ihr dieses »Ziel« noch nicht im Blickfeld habt, werdet das wohl kaum verstehen und weiter ungeduldig drauflosrennen, meint

Eure Oma

Werter Nachwuchs

Vergangenen Sonntag habt Ihr Euch bei mir wieder einmal erbittert gestritten. Jeder gegen jeden. Aber diesmal ist es nicht um Geld, Urlaub, Freunde oder andere Alltäglichkeiten gegangen, sondern um Politik, und ich habe einigermaßen verblüfft zur Kenntnis nehmen müssen, daß mein werter Nachwuchs, wenn es um Politik geht, sehr gegensätzlicher Meinung ist. Ich habe Euch ja nie gefragt, was Ihr eigentlich ankreuzelt, wenn Ihr bei der Wahl den Stimmzettel in die Urne werft. Merkwürdigerweise habe ich angenommen, daß Ihr alle ins gleiche Ringerl wie ich Euer Kreuz macht. Aber nach dieser sonntäglichen Debatte und nach all dem, was Ihr Euch da zugebrüllt habt, muß ich eher annehmen, daß mein Nachwuchs – sozusagen – in allen Farben schillert, rot, schwarz, grün, blau. Nein, nein, ich rüge Euch deswegen nicht. Wie käme ich dazu! Ich muß mich bloß erst daran gewöhnen! Ich stamme eben aus einer Zeit, wo »politische Meinung« fast immer auch »Familienmeinung« gewesen ist. Aus einer Zeit, wo ganz klar war, welche Familie »rot« ist und welche »schwarz«. Unvorstellbar wäre es in meiner Jugend gewesen, daß man von einem Ehepaar hätte sagen können: »Er ist ein Roter, sie ist eine Schwarze!« Ich erinnere mich noch gut, wie mir die Huber-Mizzi, die aus einer »roten« Familie gekommen ist, gesagt hat: »Am schwersten wird's mir werden, ab jetzt die Schwarzen zu wählen!« Ja freilich, dann hat es die Zeit gegeben, wo sowohl in den »roten« als auch in den »schwarzen« Familien plötzlich ein »Brauner« aufgetaucht ist. Eine Zeit, wo mancher Bruder Angst davor gehabt hat, daß ihn sein eigener Bruder anzeigt. Wo mancher Vater kein Wort mehr mit seinem Sohn geredet hat. Wo manche Mutter gezittert hat, daß sich ihre Kinder gegenseitig erschlagen. Aber nach 45, da sind diese

»Braunen« ja dann zu neunundneunzig Prozent wieder schön brav »rot« oder »schwarz« geworden, ganz nach Familientradition. Darum ist es für mich ungewohnt, wenn Ihr Euch anbrüllt und als »Hirnrißler« und »Vorgestrige« und »Utopisten« bezeichnet, aber hinterher wieder friedlich miteinander abmarschiert. Neu ist es für mich, aber eigentlich finde ich es gut. Daß heutzutage kein Familiendrama mehr daraus wird, wenn der Sohn und der Vater, die Frau und der Mann, die Mutter und die Tochter einander politisch überhaupt nicht »verstehen«, das findet sehr beruhigend

Eure Oma

Werter Nachwuchs

Nun ist sie wieder da, meine schrecklichste Zeit im Jahr, die Glatteis-Zeit! Da sitze ich, eingesperrt wie eine Gefangene, in meinen vier Wänden und wage mich kaum aus dem Haus, weil meine Angst vor dem Ausrutschen und Hinfallen so groß ist. Werter Sohn, sag bloß nicht wieder: »Mußt halt aufpassen und schauen, wo du hintrittst, Mama!« Auf den Ratschlag kann ich verzichten. Erstens sehe ich nicht mehr gut genug, um das Glatteis auszumachen, und zweitens gibt es auch Häuser, vor denen der Gehsteig überhaupt nicht gestreut oder vom Eis freigehackt ist! Und besonders tückisch sind diese Eisstreifen entlang den Hausmauern, die entstehen, wenn es von den Dächern taut und am Pflaster wieder auffriert. Da ist dann zwar die Mitte vom Gehsteig in Ordnung, aber macht man nur einen kleinen Schritt seitwärts, kommt man ins Schlittern. Wie? Ich soll halt keinen Schritt seitwärts machen? Ihr habt leicht reden! Wo ich wohne, sind die Gehsteige recht schmal. Und gleich am Randstein sind die Autos geparkt. Und ich bin nicht mehr sehr hurtig unterwegs. Vor ein paar Tagen, wie ich in die Apotheke mußte, da bin ich schön langsam, Schritterl für Schritterl, in der Mitte vom Gehsteig gehumpelt. Hinter mir ist ein regelrechtes Gedränge entstanden, rechts und links haben sich die Leute an mir vorbeigewurstelt, und dann war da eine Frau mit einem Kinderwagen, die hat mehrmals »Gestatten, bitte« gesagt. Klar hätte ich stur weiterhumpeln können und mich um das »Gestatten, bitte« nicht scheren müssen. Aber wer tut das schon? Die alte Emma jedenfalls nicht. Die ist zur Seite gewichen, auf den verdammten Eisstreifen zu stehen und ins Rutschen gekommen! Hätte ich mich nicht an einem Herrn, der gerade aus einem Haustor gekommen ist, festgehalten, wäre ich hingefallen. Der Herr war dann so nett und hat mich bis zur Apotheke geführt. Er hat gemeint, daß das alle Menschen tun würden, wenn wir Alten darum ersuchen würden. Aber wenn ich mir die Leute so anschaue, die auf der Straße an mir vorbeihasten, kann ich mir nur schwer vorstellen, daß die alle gewillt wären, ihr Tempo abzubremsen. Sicher gibt es auch solche Menschen, bloß: Wie erkennt man die? Wie wär's mit einer gut sichtbaren »Winterhilfs-Plakette«? Die könnte sich ja jeder, der bereit ist, den Alten zu helfen, anstecken! Das ist vielleicht eine komische Idee, aber unsereiner wüßte wenigstens, an wen er sich wenden kann, ohne eine Abfuhr zu bekommen, meint

Eure Oma

Werter Nachwuchs

Heute am Nachmittag, da war mir nicht recht gut. Nur keine Angst, es war nichts Ernstes. Es war bloß wegen dem Schüsserl Ganslschmalz, das mir die Smekal gebracht hat. Dem habe ich nicht widerstehen können. Ich habe, zur Strafe, eh gleich ein Seidel Tausendguldenkrauttee hinterhergetrunken, aber meine Galle hat das Ganslschmalz trotzdem übelgenommen. Doch davon wollte ich Euch ja gar nicht erzählen! Ich wollte erzählen, daß ich mich, wegen der Übelkeit, ein bisserl hingelegt habe und eingeschlafen bin. Wie ich wieder aufwache, ist es draußen schon dunkel. Einen Liter Milch und Brot fürs Frühstück wollte ich mir noch holen. Wie ich aus dem Haus gehe, zieht der Greißler gerade den Rollbalken runter. Es war schon fünf Minuten nach sechs Uhr. Ich wollte nicht, daß er extra für mich – obwohl er das sicher getan hätte – den Rollbalken wieder hochzieht. Also bin ich zum Supermarkt rauf, weil der bis halb sieben offen hat. Ich packe Milch und Brot in das Wagerl und rolle zur Kassa, wo schon eine Schlange von Leuten ansteht. Hinter mir stellt sich eine Frau an. Ihr Wagerl ist randvoll mit Sachen. Ein kleines Mäderl sitzt auch im Wagen drinnen. Die Frau hinter mir seufzt, stöhnt und jammert mehrmals: »Was is denn? Geht da nix weiter? Was machen s' denn net a zweite Kassa auf?« Dann macht der Mann, der vor mir steht, zwei Schritte der Kassa zu, und ich schließe, der Ansicht meiner Hinterfrau nach, nicht schnell genug auf. Darüber ist sie so erbost, daß sie mir ihr Wagerl in den Hintern rammt und keift: »Schlafen S' im Stehen, oder was?« Ich sag' zuerst einmal »Auweh«, weil mir die Person nicht bloß den Wagerlkorb in den Po gerammt hat, sondern auch ein Wagerlrad in die linke Ferse, die mir ohnehin unentwegt weh tut. Dann dreh' ich mich um und sage: »Gehn S', geben S' doch ein bisserl mehr Obacht!« Kein Wort mehr, ich schwöre es! Sie schaut mich mit ganz hysterischen Augen an und sagt: »Möcht' wissen, warum die alten Weiber grad vor Geschäftsschluß einkaufen müssen, wo's die Berufstätigen eilig haben!« Und dann haut sie dem Mäderl im Wagerl eine runter! Weil das Mäderl ein Zuckerlsackerl aufreißt. »Entschuldigung, daß ich lebe!« habe ich gesagt und mein Wagerl weitergerollt. Das kleine Mäderl hätte das sicher auch gern gesagt. Aber zum Reden war es noch zu klein. So hat es nur geweint. Ich habe dem Kind zugenickt und mir gedacht: Am Anfang und am Ende vom Leben muß man sich am meisten gefallen lassen.

Eure Oma

Werter Nachwuchs

Eben habe ich wieder einmal in der Zeitung gelesen, daß die alten Menschen darunter leiden, von niemandem mehr gebraucht zu werden und keine Aufgabe mehr im Leben zu haben. Mag ja sein, daß es wirklich vielen alten Menschen so ergeht, aber wenn ich mich umschaue unter den Alten, die ich kenne, speziell unter den Frauen, dann sehe ich viele, die unentwegt gebraucht werden und das Problem haben, nimmer zu wissen, wie sie all das schaffen sollen, was ihnen die Kinder und die Enkelkinder abverlangen. Schaut Euch bloß die alte Frau Berger an. Voriges Jahr war sie siebzig, und sie kommt trotzdem auf mehr als vierzig Arbeitsstunden pro Woche. Im Dienste an ihrem Nachwuchs! Jeden Montag und Donnerstag, am Vormittag, fährt sie in die Wohnung ihrer Tochter wäschewaschen und bügeln. Die Evi, die Tochter, haßt nämlich das Bügeln. Die Frau Berger liebt das Bügeln zwar auch nicht, aber ihr Schwiegersohn liebt schön gebügelte Hemden und sagt immer, daß nur seine Schwiegermutter wirklich richtig Hemden bügeln kann. Jeden Dienstag und jeden Freitag fährt die Berger zu ihrem Sohn. Dort putzt sie. Der Sohn und die Schwiegertochter könnten sich zwar spielend eine bezahlte Bedienerin leisten, aber angeblich wäre der Sohn beleidigt, wenn die Mutter für ihn weniger täte als für seine Schwester. Außerdem ist die Berger für die Tiefkühltruhe von Sohn und Tochter zuständig. Die hat sie zu füllen. Weil sie besser kocht als die Tiefkühlkost-Firmen. Da schleppt ihr, zum Beispiel, der werte Herr Sohn ein halbes Schwein an. Und dazu bringt er noch einen Sack mit Plastikbehältern und eine lange Liste, geschrieben von der Schwiegertochter, was aus der Sau werden soll. Grammelschmalz und Braten, Gulasch und Krautfleisch und Kohlrouladen und steirisches Wurzelfleisch. Und die Berger steht dann drei

Tage lang, bis in die Nacht hinein, beim Herd und werkt schnaufend herum. Braucht ein Enkerl einen neuen Zipp in die Jeans, kommt es zur Berger. Auch Hemden, denen Knöpfe fehlen, und Röcke mit losem Saum. Und jetzt hat sich der Sohn noch einen Hund zugelegt, ohne zu bedenken, daß so ein Vieh kreuzunglücklich ist, wenn es untertags allein sein muß. Na, dreimal dürft Ihr raten, wer nun jeden Nachmittag Hundesitter spielt. Erraten! Die Berger! Bewegung tut ihr eh gut, hat der Sohn gemeint. Ein bißchen weniger gebraucht zu werden und weniger Aufgaben im Leben zu haben, wäre der Frau Berger sicher kein großes Problem, meint

              Eure Oma

Werter Nachwuchs

Immer wieder beklagt Ihr Euch darüber, daß alte Menschen so grantig seien, so mieselsüchtig und verbittert, wenn nicht sogar regelrecht bösartig. Und dann kommt Ihr mit jeder Menge schlimmer Beispiele daher. Wie »eine Alte« in der Straßenbahn ein Kind ganz grundlos angekeppelt hat! Wie »ein Alter« im Park über Ausländer geflucht hat! Wie ein altes Ehepaar zweistimmig gekreischt hat, daß »ein neuer Hitler hergehört«! Wie »eine Alte« ihre zwei Dackel am Kinderspielplatz in der Sandkiste hat herumtollen lassen und auf Euren Hinweis, daß die Sandkiste ausschließlich für Kinder da sei, gesagt hat: »De Gfraster müssen net überall mehr Rechte haben!« Gar nicht aufhören könnt Ihr mit Euren Anschuldigungen, wenn Ihr einmal so richtig in Fahrt seid! Wobei Ihr mich natürlich immer als »Ausnahme« bezeichnet. Ich bin aber wahrlich keine Ausnahme! Die Ausnahmen sind die, von denen Ihr da so empört berichtet. Grantige, mieselsüchtige, verbitterte und regelrecht bösartige Menschen gibt es leider in sämtlichen Altersstufen; abgesehen vom Babyalter. Also gibt es auch solche alte Menschen. Blind und taub wäre, wer das leugnen wollte. Aber, halten zu Gnaden, werter Nachwuchs, wenn ich mich so umhöre und umsehe, dann muß ich doch sagen: Es scheint heute mehr junge Neo-Nazis zu geben als alte Nazis! Es sind auch nicht die Omas und Opas, die kleine Kinder mißhandeln, totprügeln und verkommen lassen. Diese Grausamkeiten tun Mütter und Väter! Und was den Fremdenhaß angeht, da habe ich von jungen Leuten schon Haßtiraden gehört, die alles überbieten, was Ihr diesbezüglich von »den Alten« zu berichten wißt. Und die Hofer bei uns im Haus, die ist noch unter dreißig und läßt – das habe ich mit eigenen Augen gesehen – ihren verzogenen Spaniel in der Kindersandkiste seelenruhig

Hauferl machen! Es mag ja wirklich sein, daß viele Menschen, wenn sie alt werden, viel von ihrer Fröhlichkeit, ihrem Humor, ihrer Geduld und ihrer Toleranz verlieren. Schmerzen und Einsamkeit, das Gefühl, hilflos und nutzlos zu sein, die Erfahrung von Lieblosigkeit und Ignoranz, eben all das, was vielen alten Menschen widerfährt, trägt nicht dazu bei, sie zu sonnigen, liebenswürdigen, reizenden »alten Herrschaften« zu machen. Aber eines müßt Ihr zugeben: An all dem Schrecklichen, was auf Erden passiert, haben wir Alten nicht die Schuld. Wenn es auf Erden von Jahr zu Jahr unmenschlicher zugeht, dann liegt's also nicht an uns, meint

Eure Oma

Werter Nachwuchs

Im Laufe meines langen Lebens habe ich ja allerhand menschliche Marotten, Eigenheiten und Erstaunlichkeiten verstehen gelernt, aber selbst wenn ich hundertzehn Jahre alt werden sollte, werde ich wohl nicht begreifen, warum so viele alte Menschen ihr Erspartes daheim aufbewahren, statt es auf eine Bank zu legen. Gerade die sparsamen Menschen müßten sich doch über die Zinsen, die ihr Geld auf der Bank abwirft, sehr freuen und sollten sich dieses »Zubrot« nicht entgehen lassen. Aber einmal abgesehen von diesen Zinsen: Alle »Heimsparer«, die ich kenne, haben eine schreckliche Angst davor, daß bei ihnen jemand einbrechen und ihnen alles mühselig Ersparte rauben könnte. Die Brauneis, zum Beispiel, die hat ihre gehorteten blauen Scheinchen in eine alte rosa Pelzunterhose eingewickelt, und die hat sie in ihrer Schmutzwäschetruhe, ganz unten, deponiert. »Weil dort nämlich, da schaut sicher kein Einbrecher nach«, hat sie mir anvertraut. Dem alten Hodina wiederum, dem ist keines seiner hundert Geldverstecke, die er sich ausdenkt, sicher genug. Unentwegt tut er seine »Marie« woanders hin. Und vergeßlich, wie der arme Mann nun einmal ist, erinnert er sich dann nicht mehr daran, wohin er seinen »Schatz« diesmal gesteckt hat. Einmal hätte er ihn beinahe in die Altpapiertonne geworfen. Weil er einen Stoß Romanhefteln ausgemistet und nicht mehr gewußt hat, daß er ausgerechnet im ›Geheimnis der blauen Eule‹, so zwischen den Seiten, seine Ersparnisse abgelegt hatte. Wäre ihm nicht schon im Stiegenhaus ein Fünfhunderter aus dem Hefterlstoß rausgeflattert, wäre sein »Notgroschen« verloren gewesen. Aber der Gipfel ist die Sokol aus dem zweiten Stock! Sie wollte mir gestern glatt ein Kuvert, mit dreißigtausend Schilling drinnen, »zum Aufbewahren bis auf d' Nacht« bringen. Weil sie eine neue Bedienerin hat und der »net ganz übern Weg traut«! Und dann war sie direkt beleidigt, weil ich gesagt habe: »Liebe Sokol, ich bin kein Schließfach!« Ich habe ihr dann ein Loch in den Bauch geredet, daß sie mit ihrem Kuvert auf die Bank gehen soll! Banken gibt's ja jetzt schließlich überall. Ich glaub' nicht, daß sie meinen Rat befolgt hat. Wahrscheinlich steckt das Kuvert jetzt in ihrer Kredenz, in der Karlsbader Kaffeemaschine. Und wenn die Bedienerin das Kredenztürl aufmacht, um die Tassen und die Teller reinzustellen, dann zittert die Sokol um ihr »Eingemachtes«. Wie gesagt, ich werd's nie verstehen! Aber alles muß ja auch nicht verstehen

Eure Oma

Werter Nachwuchs

»Der Mensch hat so lange zu lernen, wie er lebt«, hat mein Vater immer gesagt, und ich bemühe mich ja auch sehr, dieser Forderung einigermaßen zu entsprechen. Noch immer »dazulernen« zu können, heißt für mich, nicht zum uralten Eisen zu gehören und das Leben noch gut meistern zu können.

»Alte Emma«, sage ich immer wieder zu mir, wenn mir irgendeine neuzeitliche Errungenschaft so gar nicht ins Hirn will, »kapier das, versteh das, bemüh dich, strapazier deine kleinen grauen Zellen!«

Ohne mich allzusehr zu loben, muß ich doch sagen, daß meine diesbezüglichen Anstrengungen auch recht oft von Erfolg gekrönt waren und ich meinen Widerstand und Widerwillen gegen »Neuheiten« tapfer überwunden habe.

Ich weiß schon, für Euch klingt das wahrscheinlich komisch, aber ich bin stolz darauf, daß ich es vor einem Jahr noch geschafft habe, von meiner alten Tretnähmaschine auf eine elektrische Nähmaschine umzusteigen. Mit der ich sogar das Ziersäumchensticken schaffe! Und es freut mich, daß ich nun auch den Mürbteig in Euren Küchenmaschinen kneten kann! Ich bin sogar mächtig stolz darauf, daß ich neuerdings fähig bin, mit der Fernbedienung den Teletext auf den Bildschirm zu zaubern. Und daß es mein Enkel geschafft hat, mir das Einlegen einer Kassette in den Videorecorder tadellos beizubringen, stimmt mich zufrieden; auch wenn ich gar keine gesteigerte Lust darauf habe, mir Videos anzuschauen. Aber nicht nur, wo es um Technik geht, bin ich noch lernbereit. Ich versuche auch für neue Ansichten, Meinungen und Lebensformen Verständnis aufzubringen. Allerhand von dem, was mir einmal als »völlig unmöglich« erschienen war, habe ich für »ganz normal« zu halten gelernt. Nur eines werde ich doch wohl nie mehr erlernen: das Wegwerfen! Da könnt Ihr mir noch hunderttausendmal vorbeten, daß wir heutzutage eben in einer »Wegwerfgesellschaft« leben, ich werde diese Verschwenderei trotzdem nicht kapieren. Und schön langsam frage ich mich auch, ob ich mich diesbezüglich weiter bemühen soll. Es könnte ja auch sein, daß ich mit meiner »vorgestrigen« Ansicht in diesem Fall recht habe. Wie habt Ihr Euch – zum Beispiel – darüber lustig gemacht, daß ich meinen uralten Eisschrank immer wieder reparieren lasse. Klug habt Ihr mir vorgerechnet, daß ich mir für das Geld, das mich die diversen Reparaturen gekostet haben, leicht zwei neue Eiskästen hätte kaufen können. Und jetzt rechnen Euch Experten vor, zu wieviel Prozent die »Innereien« von weggeworfenen Eiskästen am Ozonloch beteiligt sind! Diesen Faktor habt Ihr in Eurer Rechnung sichtlich nicht bedacht. Ich habe ja auch nicht daran gedacht, aber anscheinend kann man auch aus einem »altmodischen Gefühl« heraus das Richtige tun, meint

Eure Oma

Werter Nachwuchs

Seit geraumer Zeit verfolge ich sehr aufmerksam in den Zeitungen die heftigen Debatten zum Thema »Tiere im Altersheim« und kann mich nur kopfschüttelnd wundern, was da in Artikeln und Leserbriefen so an Meinungen alles geäussert wird. Mir kommt vor, sowohl die Pro-Stimmen als auch die Kontra-Stimmen gehen einfach an der Realität vorbei.

Ganz gewiss ist es so, dass gerade alte Menschen sehr oft eine sehr innige Beziehung zu einem Tier haben.

Hätte, zum Beispiel nur, die alte Frau Oberlehrer, die bei uns im Eckhaus wohnt, ihren alten Kater nicht, würde sie vielleicht gar nicht mehr am Leben sein. Ich glaube es ihr, wenn sie sagt: »Wär' mein Maxl nicht, hätt' ich längst Schluss gemacht, aber den Kater kann ich nicht im Stich lassen, der hat es nicht verdient, dass er im Tierschutzhaus endet!«

Müsste die alte Frau Oberlehrer also demnächst in ein Altersheim, weil sie es nicht mehr schafft, allein zu leben, dann hätte sie nichts von einem »Streichelzoo«, der im Garten des Altersheims untergebracht ist, und sie hätte auch nichts von einem »Besuchshund«, der zweimal wöchentlich für ein paar Stunden zu den Altersheiminsassen gebracht wird. Sie würde ihren geliebten Maxl brauchen!

Da die Frau Oberlehrer aber nur dann in ein Altersheim gehen wird, wenn sie überhaupt nicht mehr für sich und den Maxl sorgen kann, müsste dann jemand im Altersheim sein, der den Maxl versorgt. Jemand, der sein Futter kauft und sein Schüsserl auswäscht und sein »Kisterl« täglich säubert und Katzensand anschleppt und den Maxl wieder einfängt, wenn er zur Tür rausflitzt. Und hätte jeder zweite Altersheimbewohner so einen Maxl mit, so wäre das eine Menge zusätzlicher Arbeit, für die man allerhand Personal einstellen müsste. Dabei sind ja Katzen noch relativ mühelos zu betreuen. Aber wie wäre das denn mit den Hunden? Die müssen doch »Gassi gehen«. Da brauchte man also auch noch ein paar »Gassi-Geher« für die Fälle, wo das Herrl oder das Frauerl es nicht mehr schafft, dreimal täglich mehrere Runden um den Häuserblock beziehungsweise das Altersheim zu drehen. Außerdem sind ja nicht alle alten Menschen tierlieb. Und wenn der Flocki von Zimmer 102 in der Nacht laut bellt, so könnte es leicht sein, daß die Bewohnerin von Zimmer 103 darüber empört Beschwerde führt! Mißversteht mich bitte nicht! Ich fände es sehr schön, wenn es möglich wäre, daß alte Menschen ihre geliebten Tiere, ganz gleich, um welche Sorte es sich dabei handelt, ins Altersheim mitnehmen könnten. Aber um das möglich zu machen, müßte sich in Altersheimen vorher unheimlich viel ändern. Es müßte viel mehr Personal geben und viel mehr Platz. Und viel mehr guten Willen. Auch unter den Altersheimbewohnern! Und daran, daß sich das alles so schnell verändern läßt, glaubt leider nicht

Eure Oma

Werter Nachwuchs

Unsere Hausbesorgerin, die regt sich immer über ein paar alte Leute bei uns im Haus auf. Und über den Nachwuchs dieser alten Leute regt sie sich noch mehr auf! Immer sagt sie: »Es ist eine Schand'! Die Jungen nehmen die Alten aus! Und die Alten erkaufen sich die Liebe der Jungen!« Damit meint sie, zum Beispiel, die alte Berger und den Fritzi, ihren Enkel. Es stimmt ja! Der Fritzi besucht seine Großmutter sicher nicht bloß aus uneigennütziger Liebe. Sonst würden seine Oma-Besuche nicht immer gerade aufs Monatsende fallen. Die ersten zwei Wochen im Monat taucht der gute Fritzi nie bei seiner Oma auf. Aber so ab der dritten Woche, da sieht man ihn häufig. Da ist er nämlich »stier« und braucht »kleine Aushilfen« vom alten Großmutterl. Seiner Oma ist das auch ziemlich klar, und sie nimmt es dem Fritzi anscheinend nicht übel. Sie legt sogar schon jeden Monatsanfang ein paar Geldscheine für den Fritzi zur Seite und sagt: »Damit ich's parat hab', wenn der Bub wieder neger ist und anmarschiert!« Und den Herrn Petric, den nimmt seine Tochter doch auch nur deswegen jedes Wochenende ins Sommerhaus mit, weil er ihr sowohl aufs Auto als auch aufs Sommerhaus gut die Hälfte »draufgegeben« hat. Ich habe doch gehört, wie die Tochter vom Petric beim Fleischhauer zur Verkäuferin gesagt hat: »Sicher, manchmal kann einem der Vater schon auf die Nerven gehen! Aber wenn man nimmt, dann muß man auch was dafür geben!« Und die Müller aus dem ersten Stock, die würde sich wahrscheinlich auch nicht so »rührend« um ihre Nachbarin, die alte Huber, kümmern, wenn da nicht allerhand »abfallen« würde. Die Rubin-Brosche jedenfalls, die die Huber früher immer am Sonntag getragen hat, die prunkt jetzt auf dem Pulli der Frau Müller. Bloß warum sich unsere Hausmeisterin gar so drüber aufregt, verstehe ich nicht. Das sind halt Tauschgeschäfte. Jeder gibt etwas, jeder nimmt etwas. Gewiß wäre es edler, wenn die Tochter vom Petric den Vater auch ins Sommerhaus mitnähme, ohne daß er gut die Hälfte vom Haus »geblecht« hätte. Aber anderseits: Wäre ja auch kein edler Vater, der seiner Tochter nichts aufs Haus draufgibt, obwohl er genug hat, oder? Und warum eigentlich soll sich die Huber bei der Müller nicht »erkenntlich« zeigen? Mit »Liebe erkaufen«, finde ich, hat das alles noch nichts zu tun! Aber der Berger-Fritzi, der Schweinskerl, der könnt' natürlich hin und wieder auch zur Oma kommen, wenn er grad kein Geld braucht, meint

Eure Oma

Werter Nachwuchs

Heute vormittag, wie ich vom Einkaufen heimgegangen bin, habe ich die Gertraud getroffen. Aus der Buchhandlung ist sie herausgekommen. »Ich habe für meine Nichte gerade ein Kochbuch gekauft«, hat sie gesagt. »Zur Verlobung!« Stolz hat sie ein mordsdickes Büchel aus einem Plastiksackerl geholt und mir gezeigt. Dann ist die Gertraud, weil sie noch ein bisserl Zeit gehabt hat, mit mir heimgekommen, auf einen Kaffee und ein Plauscherl. Und weil die Gertraud ja nicht besonders interessant plauscht, sondern eher langweilig, habe ich mir verstohlen das dicke Buch angeschaut. Es hat den Titel gehabt ›Omas beste Kochrezepte‹. Mehr als fünfhundert Seiten war der Wälzer dick, viele bunte Fotos waren drinnen und Rezepte, wo es bei den Zutaten ungeheuer üppig zugeht. Torten mit zwölf Eiern und einem Viertelkilo Butter, Aufläufe mit einem halben Liter Schlagobers! Und auf die Wiener Schnitzel, natürlich in Schmalz gebacken, kommt noch ein Stück Butter, zum »Überglänzen«. Wie die Gertraud dann weg war, habe ich zu kramen angefangen. Ich habe nach einem Kochbuch gesucht, das den Titel ›Omas beste Kochrezepte‹, meiner Meinung nach, wesentlich eher verdient; wenn auch nach ganz anderen Maßstäben. Mein Kochbuch ist bloß ein dickes, blaues, liniertes Heft, in das ich mit Bleistift Rezepte eingetragen habe. Dazwischen sind auch vergilbte Zeitungsausschnitte mit Rezepten eingeklebt und so kleine Blätter vom Abreißkalender. Die haben nämlich auf der Rückseite auch immer »Was koche ich heute«-Tips gehabt. In den Jahren 1940 bis 1950 hat Eure Oma aus dem blauen Heft ein Kochbuch gemacht. Rezepte stehen da drin, die ganz aus der Mode gekommen sind! Trockenerbsengulasch, Hafertorte, Bohnenkuchen, Weiße-Rüben-Suppe, Kohllaibchen, Rübenmarmelade mit Süßstoff, Brombeerblätter-Apfelschalen-Tee. Wenn es Euch interessiert, könnt Ihr Euch mein selbstgemachtes »Werk« ja anschauen. Auch in den dreißiger Jahren, übrigens, hat es Eure Oma nie so »dick« gehabt, daß sie mit zwölf Eiern hätte kochen können. Da hat sie auch eher überlegen müssen, ob sie zum »Pepihacker«, dem billigen Pferdefleischhauer, geht oder den Erdäpfelschmarren »solo« serviert. Auf dem Kochbuch, das die Gertraud gekauft hat, sollte besser stehen: ›Enkeltochters Überflußrezepte‹! Wir Omas haben diesen Überfluß nie gehabt, und die Renten, die wir beziehen, erlauben ihn uns auch heute noch nicht!

Eure Oma

Werter Nachwuchs

Kennt Ihr den alten Herrn Ratzerl aus dem Nachbarhaus? Na sicher kennt Ihr ihn! Der hat doch schon da gewohnt, als Ihr noch Kinder wart. Zuckerln hat er manchmal verteilt, weil er in einem Süßwaren-Großhandel angestellt war. Und unsere Hausbesorgerin, die geschieden und auf Wiederverheiratung aus war, hat immer von ihm gesagt: »Ein wahrer Jammer, daß der Ratzerl so ein eingefleischter Junggeselle ist! Das wär' ein fescher Mann!« Fesch war er wirklich, der Ratzerl. Und Freundinnen hat er natürlich auch gehabt. Aber immer, nach ein paar Jahren, wenn die Freundinnen dann vom Heiraten und Kinderhaben geredet hatten, dann hat der Ratzerl schnell Schluß mit ihnen gemacht. Zu Eurem Vater, mit dem er sich jahrelang jeden Donnerstag beim Wirten zum Tarockieren getroffen hat, hat er einmal gesagt: »No, blöd' werd' ich sein und heiraten! Tät' mir doch nur Nachteile bringen. Als Lediger hab' ich doch ein viel besseres Leben! Wer rechnen kann, der heiratet nicht!« Damit hat der Ratzerl ja recht gehabt. Was sich der alles hat leisten können, davon haben andere Männer mit Familie nur träumen können. Er hat ja sein ganzes Einkommen für sich allein verbrauchen können. Und eine Mutter, die noch auf ihn »geschaut« hat, hat er auch gehabt. Jetzt ist der Ratzerl siebzig Jahre alt. Seine Mutter ist vor fünf Jahren gestorben. Und ihre letzten fünf Lebensjahre hat sie gelähmt in einem Heim verbracht. Der Ratzerl hat also zehn Jahre des »allein Herumwurstelns« hinter sich. Und was tut er? Er wandelt auf Freiersfüßen! Schaut sich doch glatt nach einer Ehefrau um und macht rüstigen Frauen in unserer Gegend Anträge! Und erklärt mir, wie ich ihn in der Trafik treffe und ihn deswegen ein bisserl aufziehe, in schöner Offenheit: »Schaun S', Frau Emma, als Lediger hat man doch ein viel schlechteres Leben!

Jeden kleinen Handgriff muß man teuer bezahlen. Wissen S' eigentlich, was ich in der Wäscherei allein für meine gebügelten Hemden zahlen muß?« Und bevor er mit seiner Zeitung die Trafik verläßt, sagt er noch: »Und gar net zum dran Denken, was wird, wenn ich einmal bettlägrig werden sollt'!« Der werte Herr Ratzerl ist da leider kein Einzelfall. Bei uns in der Gasse gibt es noch etliche alte »gute Rechner«, die sich für's »hohe Alter« mit einer treusorgenden Ehefrau eindecken wollen. Ich hoffe nur, daß es keine einsamen alten Frauen gibt, die ihnen auf den Leim gehen, weil sie für Zuneigung halten, was in Wirklichkeit blanker Egoismus ist!

Eure Oma

Werter Nachwuchs

Gerade habe ich einen »weisen Ausspruch« eines berühmten Mannes gelesen, der da lautet: »Ab fünfzig ist man an seinem Gesicht selbst schuld!«
Zuerst habe ich mir gedacht: Emma, der Mann hat recht! Einer bekommt im Alter ein »vergeistigtes« Gesicht, einer eine rote Säufernase. Einer hat Lachfalten um die Augen, einer Kummerfalten um den Mund. Einer kriegt gierige Raffaugen, einer den gütigen Opa-Blick.
Das Leben, das man hinter sich hat, prägt schließlich das Gesicht!
Doch dann bin ich aufgestanden und habe in den Spiegel geschaut – so lange wie sonst nie – und habe meinem Spiegelbild zugemurmelt: »So ein Unsinn! Auch wenn es ein berühmter Mann gesagt hat!«
Ein alter Mensch kann nämlich für sein Gesicht genausowenig wie ein junger. Nicht einmal, ob jemand dumm oder klug ist, sieht man ihm an. Und ob jemand ein guter oder ein böser Mensch ist, merkt man an seinem Gesicht auch nicht; selbst wenn dieser Mensch sein Gesicht schon neunzig Jahre durchs Leben trägt.
Im Sommer, da sitzt oft ein alter Mann im Park. Der ist hager, hat einen weißen Backenbart, eine edle Hakennase und eine Brille mit Goldrand, durch die er unheimlich »vergeistigt« in die Runde schaut. Für einen Nobelpreisträger könnte man ihn halten! Aber wenn man sich zu ihm setzt und ihm zuhört, dann weiß man nach drei Minuten: Einen größeren Deppen wie den gibt's nicht!
Und wenn ich die alte Prowacik nicht gut kennen würde, dann würde ich sie für eine bitterböse Frau halten. Die hat doch ein Gesicht, mit dem kann man die kleinen Kinder schrecken! Dabei ist sie der gütigste, beste Mensch, den ich kenne.
Dafür schaut die alte Beindler sehr, sehr gütig aus. Aber

die ist eine ziemlich eiskalte Person, die für nichts und niemanden etwas übrig hat.

Und ich habe die drei dicken, senkrechten Falten über der Nase auch nicht deshalb, weil ich eine Zwiderwurzen wäre, sondern weil ich schlecht sehe und beim Lesen immer die Augen zukneifen muß. Und daß meine Mundwinkel »hängen«, hat nichts mit Lebenseinstellung zu tun, sondern mit Gewebeschwäche!

Der einzige alte Mensch, den ich kenne und der selbst an seinem Gesicht »schuld« ist, ist die Frau Mizzi, denn die hat sich schon zweimal liften lassen. Aber wenn man es genau nimmt, hat am Gesicht der Frau Mizzi ja auch nicht sie selbst, sondern irgendein kosmetischer Chirurg »schuld«, meint Eure ganz unschuldig faltige

Oma

Werter Nachwuchs

Ich schlage mich seit geraumer Zeit mit einem Problem herum, welches ich wahrscheinlich auch in dem bißchen Zukunft, das mir noch bleibt, nicht mehr lösen werde. Das Problem ist: Wie ängstlich und wie mißtrauisch muß ein alter Mensch Fremden gegenüber sein? Um mich herum leben viele alte Leute, und die meisten dieser alten Leute sind sehr ängstlich und sehr mißtrauisch, wenn es um den Kontakt mit Fremden geht. Die alte Smekal, zum Beispiel, die hat mir stolz erzählt, daß auf der Straße ein junges »Subjekt« hinter ihr hergekommen sei und sich ihrer Einkaufstasche bemächtigen wollte. Mit dem Trick, ihr das Tragen der schweren Tasche abnehmen zu wollen. Aber sie habe das gleich durchschaut! Ihren Krückstock habe sie drohend gehoben und geschrien: »Schau, daß du weiterkommst, du Gauner, du elendiger!« Worauf das »Subjekt« die Flucht ergriffen habe. Ich kann mir wirklich nicht vorstellen, daß ein »Subjekt« der Smekal die Einkaufstasche mit den Erdäpfeln, dem Kraut und der Burenwurst rauben will! Könnte es nicht eher so gewesen sein, daß da ein junger freundlicher Mensch bloß einem alten unfreundlichen Menschen behilflich sein wollte? Solche junge Menschen gibt es doch sicher auch! Aber anderseits: Sicher, daß dieser junge Mann gar nichts Böses im Sinn hatte, bin ich mir ja nun auch wieder nicht. Man hört und liest schließlich dauernd davon, wie alten Menschen, die allzu naiv waren, übel mitgespielt wurde. Darum kann ich die Haberl auch nicht einfach auslachen, wenn sie mir andauernd in den Ohren liegt, daß ich mir doch endlich einen »Spion« in die Tür machen soll. Jeden Tag sagt sie zu mir: »Emma, du kannst doch net einfach jedem Fremden die Tür aufreißen! Was ist, wenn dir der eine über den Schädel haut?« Ja, ja, ich weiß, so was kann vorkommen. Und Vorsicht ist besser als das Nachsehen haben. Und daß mir bis jetzt nichts passiert ist, ist kein Grund anzunehmen, daß das weiterhin auch so bleiben muß. Aber ich möchte halt nicht in einer Welt leben, wo für alte Leute das Mißtrauen zur selbstverständlichen Alltäglichkeit wird. Ich möchte Vertrauen haben können. Und je älter man ist, um so mehr Vertrauen ist ja notwendig, weil man im Alter mehr auf die Hilfe und Unterstützung anderer Leute angewiesen ist. Mit zuviel Mißtrauen hält man sich auch die netten Menschen vom Leib, mit zuwenig Mißtrauen zieht man die bösen Menschen an! Wie schon gesagt, das Problem ist nicht zu lösen, meint

Eure Oma

Werter Nachwuchs

In regelmäßigen Abständen bekomme ich von jedem von Euch den Vorwurf zu hören, daß ich mir »nicht helfen lassen« will. Da heißt es dann immer: »Brauchst es ja nur zu sagen! Wir würden doch alles für dich tun, was dir zu viel Mühe macht! Aber du bist ja stur und meinst partout, immer noch alles allein schaffen zu müssen!« Also, werter Nachwuchs, ich halte mich zwar absolut nicht für stur, aber ich gebe gern zu, daß mir sehr viel daran liegt, möglichst wenig fremde Hilfe in Anspruch nehmen zu müssen. Auch nicht die Eure! Gewiß, einem von Euch macht es weniger Mühe als mir, eine schwere Einkaufstasche in den dritten Stock hinauf zu tragen. Aber ich habe ja genug Zeit, nach sieben Stufen zu verschnaufen. Wenn ich dann oben bin, vor meiner Wohnungstür, dann habe ich doch das schöne Gefühl, daß die alte Emma immer noch ohne Hilfe zurechtkommt. Außerdem: Gar so wenig Mühe, mir Arbeit abzunehmen, macht es Euch anscheinend auch wieder nicht! Wie war denn das vorige Woche mit der Kiste Mineralwasser? Für Montag, werter Herr Sohn, hast Du sie mir versprochen. Am Montag dann hast Du angerufen, daß Du mir die Kiste erst morgen bringen kannst. Am Dienstag dann, spät am Abend, hast Du wieder angerufen und mir mitgeteilt, daß Du bei mir vorbeigefahren bist, daß da aber leider nirgendwo ein Parkplatz frei gewesen ist und daß Du, von wegen Bandscheibenschaden, die Kiste ja nicht zehn Gassen weit schleppen kannst. Und Du wirst sie mir morgen in der Früh, vor der Arbeit, bringen. Das ist Dir dann aber leider auch nicht »ausgegangen«. Und Mittwoch am Abend hast Du nach dem Büro zu einer Party bei einem Kollegen müssen. Am Donnerstag hast Du die Kiste wieder aus dem Kofferraum heraustun müssen, weil Du Deine Tochter und Deinen Sohn, samt Reisegepäck, zur

Bahn hast bringen müssen. Warum Du am Freitag nicht »liefern« konntest, ist mir entfallen. Am Samstag war's dann soweit! Gegen Mittag bist Du mit der Mineralwasserkiste angekeucht und warst ziemlich grantig, wie Du gesehen hast, daß bei mir schon eine volle Kiste Mineralwasser steht. Diese hat mir der Sohn der Hausmeisterin gebracht. Für einen Zwanziger. Es soll wirklich kein Vorwurf sein, aber – seid mir nicht böse – solange ich noch einen übrigen Zwanziger habe, ist mir diese Einkaufsmethode viel lieber, denn die stellt meine Nerven auf eine weniger harte Probe.

Eure Oma

Werter Nachwuchs

Daß jeder Mensch im Laufe eines langen Lebens seine Meinungen ändert, ist mir klar. Aber wie sehr ein Mensch seine Meinung ändern kann, das wundert mich doch immer wieder, wenn ich mit unserer Mali-Tant' zusammen bin. Als wir zwei, die Mali und ich, noch junge Mädchen waren, sind wir oft miteinander am Altersheim vorbeigegangen und haben im Park die alten Leute auf den Bankerln sitzen gesehen. Dann hat die Mali immer zu mir gesagt: »Emma, ich schwör' dir, alt will ich nicht werden! Nie im Leben will ich einmal so ausschauen! Ich will jung sterben!« Und dann hat sie meistens noch allerhand dahergefaselt von »in Schönheit sterben« und »in der Blüte der Jahre Abschied nehmen«. Jedenfalls hat sie mir den »tragischen« Eindruck vermittelt, daß sie die Absicht hat, eher freiwillig aus dem Leben zu scheiden, als sich mit »Spuren des Alterns« abzufinden. Ich glaube, ich war damals beeindruckt von ihr; die wußte, wie lange das Leben lebenswert ist. Dann hat die Mali geheiratet und Kinder bekommen, und »Spuren des Alterns« haben sich bei ihr eingestellt; sogar früher als bei anderen Frauen, und ich habe mir die Mali immer besorgt angeschaut und mich gefragt, ob die Arme nun ans »Abschiednehmen« denkt. Hat sie aber nicht! Nun hat sie mir erzählt, daß »äußere Schönheit« nicht wichtig sei und die Jugend gar keine so glückliche Zeit, und als »reife Frau« könne man das Leben weit besser genießen. »Aber alt und krank sein«, hat sie mir erklärt, »das will ich nicht. Krank sein, das wäre kein Leben, da tät' ich Schluß machen!« Jetzt, wieder zwei Jahrzehnte später, ist die Mali alt und krank. Sie hat Rheuma und Gicht, Asthma und in den Beinen Wasser. Sie sieht und hört schlecht, muß jeden Tag zwölf Pillen schlucken, und wenn sie aus ihrem Haus in den Garten will, braucht sie fremde Hilfe. Und was erklärt sie mir, wenn ich zu Besuch bin? »Du, Emma, mit Krankheiten läßt es sich leben, da findet man sich drein, und das Leben ist noch immer schön. Aber eins sag' ich dir: Wenn's einmal im Kopf nimmer stimmen sollte, wenn ich vergeßlich, verkalkt und schrullig werden sollte, dann wäre das kein Leben mehr, da tät' ich nimmer mitspielen!« Unlängst habe ich darauf gesagt: »Mali, weißt noch? Jung sterben hast immer wollen, in der Blüte der Jahre!« Hat sie mich mitleidig angeschaut und gesagt: »Emma, da verwechselst du mich aber!« War ihr vom Gesicht abzulesen, daß sie gedacht hat: Die Emma ist ja schon total verkalkt! Arme Frau, das wär' kein Leben für mich!

Eure Oma

Werter Nachwuchs

Ich hocke in der Küche, seufze in mein Schalerl Schonkaffee und bin deprimiert. Warum? Weil mir der Briefträger heute nicht nur den üblichen Packen blöder Reklamezettel gebracht hat, sondern auch ein weißes Kuvert mit einem schwarzen Rand.

Der Anton ist gestorben. Welcher Anton? Ach, den kennt Ihr überhaupt nicht. Der Anton war einmal der beste Freund von Eurem Vater beziehungsweise Großvater. Aber das ist lange her. Ich habe den Anton auch zum letzten Mal vor dreißig – oder sind's schon fünfunddreißig? – Jahren gesehen. Damals hat sich mein Mann mit ihm total zerstritten. Und ich war sehr froh darüber, weil der Anton ein »Wirtshausgeher« gewesen ist und meinen »schwachen Herrn Gemahl« immer zu mehr Achterln verführt hat, als dem gutgetan haben. Eigentlich habe ich den Anton nie leiden können. Eigentlich habe ich immer eine Riesenwut auf den Anton gehabt!

Warum ich dann wegen seiner Todesanzeige deprimiert bin? Nun ja, werter Nachwuchs, wahrscheinlich deswegen, weil mich jeder Partezettel deprimiert. Stirbt jemand weg, wird wieder ein Stück von meinem Leben endgültige, tote Vergangenheit.

Mit jedem schwarzumrandeten Briefkuvert, das in der Post ist, fühle auch ich mich dem Grab um einen kleinen Schritt näher. Auf jeder Todesanzeige, die ich lese, schaue ich genau auf das Alter des Verstorbenen und denke mir: Der war dein Jahrgang, Emma! Und dann fallen mir alle Leute ein, die zu meiner Generation gehört haben und nicht mehr da sind. Ich schaue aus dem Fenster auf das gegenüberliegende Haus und sehe, daß bis auf den alten Herrn Binder hinter allen Fenstern neue Mieter wohnen. Die Leute, denen ich beim Lüften jahrzehntelang zugewunken habe, sind weggestorben. Das schmerzt, auch wenn man die Leute nicht sehr gern gehabt hat. Man sagt sich dann: Schön langsam bleibst nur mehr du übrig, Emma! Bald bist du die letzte von deiner Generation!

Was man da dagegen tun kann? Ich, für mich, weiß da nur einen Trick. Ich zieh' mich an, nehm' meinen Stock und marschiere jetzt drei Häuser weiter, auf einen Besuch bei der alten Frau Schneider. Die Schneider wird im nächsten Sommer einundneunzig! Und sie fühlt sich noch recht wohl. Und ob Ihr es glaubt oder nicht, wie ich das letzte Mal bei ihr war, hat sie zu mir gesagt: »Warte nur ab, bis d' in mein Alter kommst, Kinderl!«

Na ja, schließlich war die Schneider ja wirklich schon eine erwachsene Frau, als ich noch ein »Kinderl« gewesen bin.

Lacht ruhig, werter Nachwuchs, aber glaubt mir eines: Von der alten Schneider »Kinderl« genannt zu werden vertreibt jegliche Trauerrand-Depression.

Eure Oma

Werter Nachwuchs

Nun – scheint es – hat die alte Emma wieder einmal einen Winter überstanden, hat den Schnee, das Glatteis, das Einheizen und die kurzen Tage überlebt. Jawohl, lieber Nachwuchs, diese kurzen Tage sind mir ein Graus! Ich mag es nicht, wenn der Tag finster beginnt und sich gar nicht entschließen kann, strahlend hell zu werden, sondern bis zum Abend trüb vor sich hin dämmert. Trübe Tage machen mich trübsinnig!

Wenn ich aufwache und die Sonne scheint, geht es mir gleich viel besser. Licht und Sonne machen mich optimistisch und heiter. Und da bin ich gar keine Ausnahme. Im Radio hat unlängst ein Arzt erklärt, daß das vielen Menschen so geht und daß man jetzt sogar Depressionen mit ganz hellem Licht behandelt und dabei angeblich gute Erfolge hat.

Daß es vielen Menschen so geht wie mir, glaube ich ja, aber ob sich mein Winter-Trübsinn mit künstlichem Licht behandeln ließe, das wage ich doch zu bezweifeln.

Ich sehne mich nach echten Sonnenstrahlen, die durchs Fenster hereinfallen und helle Lichtkringel auf den dunklen Teppich zeichnen. Ich sehne mich nach dem Gezirp von jungen Spatzen, die im Sonnenschein das Fliegen üben. Und ich werde froh, wenn die Fliederbüsche im Park grüne Spitzerln und die Kastanienbäume klebrigglänzende Knospen bekommen. Im Frühjahr wächst überall neues Leben. Ohne viel Licht und Sonne ist das nicht möglich. Ich glaube, deshalb sehne ich mich so nach Licht und Sonne. Wenn ich zuschauen darf, wie neues Leben wächst, auch wenn es nur um Spatzen, Flieder und Kastanien geht, dann fühle ich auch wieder ein bißchen mehr Leben in mir.

Außerdem ist im Frühling auch dieser gewisse Geruch in der Luft. Ein Geruch, der sich gar nicht richtig beschreiben läßt. Aber dieser Frühlingsgeruch ist für mich, trotz Umweltdreck und Luftverpestung, seit meiner Kindheit gleichgeblieben. Ich nenn' ihn bei mir den »Kalvarienbergduft«. Weil dort, wo ich als Kind gewohnt habe, jedes Jahr sechs Wochen vor Ostern Kalvarienbergmarkt gewesen ist. Als Kind waren diese sechs Kalvarienbergwochen die schönsten Wochen im ganzen Jahr für mich. Die Standln, die Bamkraxler, die Juxpackerln, die Engelshauben, die Sägespäne-Ballerln am Gummischnürl, die Zuckerwatte, das Gigerlfutter und die rotglasierten Maschanskerapferln am Staberl. Und der Duft nach all diesen herrlichen Sachen liegt noch immer in der Luft, wenn ich uraltes Stück an einem sonnigen Frühlingsmorgen das Fenster zum Lüften aufmache! Wie bitte? Daß die Erinnerung an Kinderglück einem alten Menschen Lebensmut geben kann, könnt Ihr nicht verstehen? Macht nichts! Wartet nur zu, in ein paar Jahrzehnten werdet Ihr es schon verstehen.

Eure Oma

Werter Nachwuchs

Gestern, wie Ihr bei mir wart, kam die Rede auf die Komarek und ihre Kinder, und Ihr wart Euch einig, daß diese Kinder »supertoll« für ihre Mutter sorgen.
»Die schaukeln das perfekt«, hast Du, lieber Sohn, gesagt. Und Du, liebe Tochter, hast gemeint: »Ist halt ein Glück, daß sie vier sind, da können sie die Pflege untereinander aufteilen!« Da kann ich nur sagen: Es ist ein Glück, daß die Komarek nicht noch ein fünftes Kind hat!
Meiner Meinung nach wird die alte Frau nämlich nicht »perfekt« betreut, sondern herumgeschupft wie ein Postpackerl, und wenn da noch ein fünftes Kind wäre, dem man sie zuschupfen könnte, wäre das Leben der Komarek noch mieser!
Vor einem Jahr haben die Komarek-Kinder beschlossen, daß ihre alte Mutter nicht mehr allein zurechtkommt; was vielleicht stimmen mag. Aber sie haben es nicht der Mühe wert gefunden, die Mutter zu fragen, welche Hilfe sie gern hätte. Selbstherrlich haben sie beschlossen, die arme, alte Frau »gerecht« untereinander aufzuteilen. Und nun kommt jeden Samstag, in aller Herrgottsfrüh, der eine Sohn, klopft an die Wohnungstür und ruft: »Mama, bist es schon?« Und dann tritt er von einem Fuß auf den anderen, seufzt und wartet, bis die Komarek ihre sieben Wochenend-Sachen beieinander hat, und dann braust er ab mit ihr, ins Wochenendhaus, wo die Komarek – ihrer Aussage nach – bis zum Sonntagabend herumsitzt wie ein »ang'malter Kümmeltürk«, weil die Schwiegertochter nicht will, daß sie ihr in den Haushalt dreinpfuscht. Montag und Dienstag kommt die eine Tochter zur Komarek in die Wohnung, macht sauber, senkt die Temperatur auf 18 Grad, weil mehr Wärme ungesund ist, mistet aus, kocht ein Essen, das der Komarek nicht schmeckt, stellt Möbel um und ordnet den

Haushalt so, daß alles »praktischer« ist und die Komarek hinterher nimmer weiß, wo ihr geliebtes Tupfenhäferl steht. Am Mittwoch und am Donnerstag muß die Komarek bei der anderen Tochter sein und darf dort nicht fernschauen, weil sonst auch die Enkel fernschauen und zuviel Fernschauen für Kinder ungesund ist!

Nur am Freitag hat die arme, alte Seele ihre Ruhe, weil für den Freitag der andere Sohn zuständig wäre, und der ist ein Schlawiner und kommt seiner Kindespflicht nicht nach. Da blüht die Komarek dann richtig auf und sagt lächelnd zu mir: »Frau Emma, heut hab' ich meinen Ruhetag!« Und wenn ich zu ihr sage, sie soll sich das doch nicht gefallen lassen, seufzt sie: »Aber die Kinder meinen es doch gut!« Gut gemeint ist das Gegenteil von gut, hat Euer Vater immer gesagt. Dieser Meinung schließt sich vollinhaltlich an

Eure Oma

Werter Nachwuchs

Gut jeden Tag einmal habe ich mir in den letzten Wochen in Erinnerung gerufen, was ich mir vor einem Jahr ganz fest vorgenommen habe. Immer wieder habe ich mir vorgemurmelt: »Emma, heuer machst du keine Weihnachtsbäckerei!« Voriges Jahr nämlich, da war ich nach der ganzen Teigkneterei und Ausstecherei und Glasiererei und Backblechputzerei ziemlich erschöpft. Regelrecht fix und fertig war ich! Also habe ich mir damals gesagt: »Emma, für die Strapaze, in einem Tag zehn Sorten Kekserln zu erzeugen, bist du einfach zu alt! Sieh das ein! Und wenn der Nachwuchs gar so gern hausgemachte Kekserln ißt, dann kann er sie sich ja selber backen!« Aber gestern, beim Einkaufen, da habe ich, direkt wie in Trance, Nüsse, Mandeln, Butter und Schokolade in mein Einkaufswagerl reingetan. Der Mensch ist halt ein Gewohnheitstier! Daheim angekommen, habe ich mir dann gedacht: Na, wenn ich das Zeug schon gekauft habe, dann mache ich wenigstens die Nußmonderln, die Ihr alle so gerne habt. Ehrlich, ich wollte wirklich nur die Nußmonderln machen. Doch dann war die Nußmühle schon »angepatzt«, und ich hab' mir gedacht: Jetzt machst auch noch die Mandelbusserln! Und hast du's nicht gesehen, war ich auch schon beim Spitzbubenteigkneten. Und weil die Küche eh schon eine richtige Backstube war, habe ich mich noch an die Dotterstangerln gemacht. Und von denen sind mir sechs Eiklar übriggeblieben. Die habe ich doch nicht einfach wegwerfen können und hab' sie daher zu Haselnußmakronen verarbeitet. Jetzt sitze ich wieder da, umgeben von zehn Kekserlsorten, und bin fix und fertig! Recht geschieht mir! Aber ehrlich, ganz abgesehen vom Kreuzweh, das ich habe, und von der Müdigkeit und dem komischen Stechen in den Handgelenken, ist das doch auch ein ganz gutes Gefühl. Erstens weiß ich, daß sich die Mühe lohnt. Gegen meine Kekse kommt halt das gekaufte Zeug nicht auf! Es wäre Euch also allerhand Weihnachtsfreude entgangen. Und zweitens ist es ja auch ganz beruhigend, sich sagen zu können: Na schau, Emma, jetzt bist wieder ein Jahr älter und schaffst es immer noch! Und wenn ich dann noch bedenke, daß sich mein weiblicher Nachwuchs schon »fix und fertig« fühlt, wenn er bloß eine Sorte Kekse gebacken hat, dann ist, trotz aller Müdigkeit, im Moment recht zufrieden mit sich

Eure Oma

Werter Nachwuchs

Reichlich oft, in den letzten Jahrzehnten, wenn von bösen vergangenen Zeiten die Rede war, von Zeiten, in denen Ihr noch gar nicht auf der Welt wart oder kleine Kinder gewesen seid, dann habt Ihr über mich und Euren Vater immer äusserst bekümmert den Kopf geschüttelt! Da hat es geheissen: Ja, wieso habt ihr denn nicht schon zu Beginn der dreissiger Jahre kapiert, was da auf euch und die ganze Welt zukommt? Wart ihr so naiv? Oder gar nicht interessiert am Weltgeschehen? Fünfzehn Jahre warst Du alt, werter Herr Sohn, da hast Du Dich vor Deinem Vater aufgebaut und hast ihm die Weisheit, die Dir Dein Geschichtsprofessor vermittelt hat, weitergegeben, indem Du verkündet hast: »Du hättest ja bloss ›Mein Kampf‹ zu lesen brauchen. Da ist ja schon alles dringestanden, was der Wahnsinnige vorgehabt hat!« Dein Vater hat damals drauf grantig gemurmelt: »Ja meinst, ich hab' damals ernst genommen, was der Anstreicher und Postkartenmaler gemeint hat?« Und Du, im Glanze Deiner fünfzehn Jahre, warst entsetzt über so wenig Weitblick und soviel Unverstand. Und Du, liebe Tochter, hast mir einmal, wie ich Dir erzählt habe, mit welch hilfloser Wut ich hab' ansehen müssen, dass Juden abtransportiert werden, zugezischt: »Warum hast dann nix dagegen getan?« Nun ja, werter Nachwuchs, Euer Vater und ich haben das wohl hinnehmen müssen. Aber nun, wo Ihr klugen und am Weltgeschehen so interessierten Menschen längst erwachsen seid, darf ich ja wohl bei Euch anfragen, wie es jetzt um die Welt steht und wohin die Entwicklung läuft. Was wird sich aus dem Bürgerkrieg in Jugoslawien ergeben? Und aus dem Ende vom Kommunismus in Russland? Und aus der deutschen Wiedervereinigung?

Wie, das könnt Ihr mir nicht sagen? Weil Ihr keine Hellseher seid? Na, hoffentlich erklären Euch Eure Enkel einmal nicht, daß das im Jahr 1991 längst zu merken gewesen wäre, wenn Ihr Euch bloß dafür interessiert hättet! Aber Ihr könnt der alten Emma doch hoffentlich wenigstens erklären, wie das mit den Asylanten und den Flüchtlingen und der wachsenden Ausländerfeindlichkeit weitergehen wird. Und ob man die Rechtsradikalen ernst nehmen muß! Ach, schlimm ist das alles, aber was sich daraus entwickeln wird, wißt Ihr nicht? Ihr hofft auf das Gute und fürchtet Euch vor dem Bösen und habt keine Ahnung, wie das eine herbeizuführen und das andere zu verhindern sei? Also ganz so, wie seinerzeit Euer Vater und ich, meint

                                                    Eure Mutter

Werter Nachwuchs

»Der Mensch ist so alt, wie er sich fühlt«, lautet so eine komische Spruchweisheit, die ich früher – ich geb's ja zu – auch oft gesagt habe, doch je älter ich werde, um so mehr geht mir dieses Sprüchlein gegen den Strich, und wenn es jemand zu mir sagt, komme ich mir direkt gemaßregelt vor. Es klingt nämlich wie: »Emma, jetzt fühl dich gefälligst nicht alt, dann bist du es auch nicht!« Ganz so, als ob es in meiner freien Entscheidung läge, alt oder jung zu sein! Als wäre bloß meine Übellaunigkeit oder Uneinsichtigkeit daran schuld, daß ich nicht wie ein Teenager durchs Leben hüpfe! Die Vorstellung von einer alten Frau, außen faltig und weißgelockt, aber innen glatt und jugendfrisch, kann eigentlich nur der haben, der nicht weiß, wie Altsein ist. Kaum ein Mensch fühlt sich freiwillig vor der Zeit alt. Üblicherweise hält man am Jungsein mit aller Kraft fest, solange man nur immer kann. Und meistens sind es ja die anderen Leute, die einem beibringen, daß man nicht mehr jung ist. Da stehen, zum Beispiel, in der Straßenbahn Leute auf und bieten dir ihren Sitzplatz an. Du wunderst dich beim ersten Mal, weil du dir eigentlich gar nicht älter vorkommst als der Platzanbieter. Aber dann passiert es immer wieder, und schön langsam gewöhnst du dich daran, und das fällt dir gar nicht schwer, weil dir die Füße ohnehin weh tun und du für den Sitzplatz dankbar bist. Oder du gehst zum Arzt, weil dir ein Knie weh tut. Du willst, daß der Arzt das Knie gesund macht. Doch der gibt dir eine Salbe, sagt was von Massage und Bestrahlung, aber letzten Endes meint er, das sei eine »Abnützungserscheinung«, mit der man sich im Alter abzufinden habe. Da kommen halt die Wehwehchen! Daß von deinen zwei Leibspeisen die eine dem Magen und die andere der Galle nicht mehr guttut, das merkst du selber. Und daß du für eine Arbeit, die du früher im Handumdrehen erledigt hast, jetzt einen Vormittag brauchst, merkst du auch. Dazu merkst du noch, daß du dir allerhand nicht mehr so gut merkst wie früher. Dann brauchst du noch orthopädische Schuhe, die letzten drei Zähne werden dir gezogen, gleichaltrige Freunde sterben weg, und auf dem Weg in den dritten Stock bleibst du dreimal zum Verschnaufen stehen. Und dann sollst du dich jung fühlen? Wozu eigentlich auch? Mein Körper kann es nicht mehr! Und mein Geist und meine Seele? Ach Gott, werter Nachwuchs, um so viel schlauer, liebenswerter, einsichtiger, gütiger und klüger war ich eigentlich als junger Mensch auch nicht, meint

Eure Oma

Werter Nachwuchs

Ich habe es Euch ja schon ziemlich oft gesagt, aber anscheinend muß ich es in regelmäßigen Abständen wiederholen, damit Ihr es endlich einmal zur Kenntnis nehmt! Also zum hundertsten Male: Ich bin kein kleines Kind! Wie? Das brauche ich Euch nicht zu sagen, das wißt Ihr ohnehin? Na, dann behandelt mich aber gefälligst auch nicht so! Es mag ja wirklich recht komisch für Euch sein, wenn eine Frau in meinem Alter nicht mehr immer fähig ist, sich neue Fremdwörter oder Fachausdrücke zu merken. Zerkugelt Euch ruhig, wenn ich einen Heizkörper für einen »Rabiater« halte und glaube, daß Du, werter Herr Sohn, mit einem »Düsen-Klapper« quer über Amerika geflogen bist. Aber müßt Ihr es wirklich so weit treiben, daß Ihr meine sprachlichen Irrtümer überall lachend herumposaunt? Ganz so, wie Eltern von kleinen Kindern kichernd die verballhornten Wörter wiedergeben, die ihr Nachwuchs so »rausschiebt«? Das nehmen üblicherweise sogar die kleinen Kinder ihren Eltern übel! Aber die, müßt Ihr bedenken, haben ja die sichere Gewißheit, daß sie bald größer und klüger werden und dann keiner mehr über sie wird lachen können! Ein alter Mensch hingegen, der hat diese Hoffnung nicht. Sein Gedächtnis wird höchstens schlechter, aber sicher nie mehr besser. Damit hat man sich abzufinden, auch wenn es einem nicht leichtfällt. Aber man erleichtert dem alten Menschen dieses Abfinden gewiß nicht dadurch, daß man Heiterkeitsausbrüche bekommt, wenn er einen neuen, ihm unbekannten Ausdruck nicht gleich beim ersten Hören behält. Aber schön, solang es beim Lachen bleibt, soll's mir recht sein. Gute Omas freuen sich über die gute Laune des Nachwuchses! Was ich aber gar nicht vertrage, ist, daß Ihr mich auch wie ein kleines Kind behandelt, wenn ich über irgend etwas anderer Meinung bin als Ihr!

Früher, wenn das so war, habt Ihr mit mir gestritten. Heftig und stundenlang! Jetzt lächelt Ihr bloß milde und blinzelt Euch zu, und man sieht Euch an, daß Ihr denkt: Ach, die Oma! Lassen wir sie halt plappern! Hat ja von nichts eine Ahnung mehr!

Kleine Kinder »plappern«, weil sie noch nicht viel Verstand haben, alte Omas »plappern«, weil sie nimmer viel Verstand haben! So denkt Ihr anscheinend! Oder? Redet Euch bloß nicht darauf aus, daß Ihr mich »schonen« wollt, von wegen steigendem Blutdruck bei Debatten! Der steigt wesentlich mehr, wenn ich merke, daß sich ein Streit mit mir für Euch nimmer »lohnt«, meint

Eure Oma

Werter Nachwuchs

Könntet Ihr Euch folgendes vorstellen: Ihr steht irgendwo an einer Straßenecke und wartet. Auf was Ihr wartet, tut nichts zur Sache. Jedenfalls steht Ihr da und wartet, und da kommt eine alte, sehr kurzsichtige Frau des Weges. Zögernd tappt sie den Gehsteig entlang, und da liegt auf dem Pflaster irgendein Ding, vielleicht ein Teddybär, der einem Kind aus dem Sportwagen gefallen ist, vielleicht ein Ziegelstein, den ein Maurer vergessen hat. Die alte, sehr kurzsichtige, fast blinde Frau stolpert über das Ding und fällt hin. Der Länge nach liegt sie da, die dicke Brille ist ihr über die Nase gerutscht und der Hut über die Augen. Ihre Einkaufstasche liegt neben ihr, und aus der rollen etliche Äpfel und Paradeiser über den Gehsteig der Fahrbahn zu.

Gut, das könnt Ihr Euch vorstellen! Und könntet Ihr Euch nun auch noch vorstellen, daß Ihr dann an der Straßenecke steht und über den Anblick dieser alten Frau lacht? Wie? Das könnt Ihr Euch nicht vorstellen? Das wäre, meint Ihr, eine ganz fürchterliche Roheit, zu der Ihr nicht fähig wärt? Ihr würdet nicht lachen, sondern der alten Frau zu Hilfe eilen und ihr aufhelfen?

Ihr würdet ihr den Straßenstaub vom Mantel klopfen, Ihr würdet ihre Äpfel und Paradeiser einsammeln und sie fragen, ob sie sich weh getan hat und ob Ihr ihr irgendwie weiter behilflich sein könnt? O.K., werter Nachwuchs, das glaube ich Euch! Aber warum, um alles in der Welt, kichert und grinst und lacht Ihr dann unentwegt über unsere alte Kathi-Tante? Die ist zwar nicht sehr kurzsichtig, dafür ist sie aber sehr schwerhörig.

Und schlecht hören ist ja wohl kein geringeres Leiden als sehr schlecht sehen! Warum findet Ihr es so lustig, wenn die arme Kathi zehnmal nachfragen muß, um mitzubekommen, was man sagt? Warum erheitert es Euch so ungemein, wenn die Kathi statt »morgen« leider »Sorgen« versteht und nach mehrmaligem Brüllen dann »borgen«?

Warum rühren Euch alle Leiden, die ein alter Mensch haben kann, mitleidig an, aber die Schwerhörigkeit nicht? Warum erheitert Euch die?

Wie? Weil das halt komisch ist, wenn jemand statt »morgen« »Sorgen« oder »borgen« versteht?

Nun ja, werter Nachwuchs, wenn das so wäre, dann könntet Ihr aber auch getrost über die alte, sehr kurzsichtige Frau lachen. Verrutschter Hut, verrutschte Brille und dazu noch rollende Äpfel und Paradeiser, das ist doch wahrlich ein komischer Anblick, bekannt aus vielen Filmlustspielen. Wie, so habt Ihr das noch nie bedacht? Na schön, werter Nachwuchs, dann tut es eben jetzt! Zum Nachdenken soll es ja nie zu spät sein, meint

Eure Oma

Liebe Enkeltochter

Oft mußte ich von Dir schon hören, daß Du die Frauen meiner Generation als »gar nicht emanzipiert« einstufst. Womit Du meinst, daß ich und meine Altersgenossinnen unser Lebtag bereit waren, den Ehemann als »Herrn im Haus« anzuerkennen und uns ihm unterzuordnen. Milde lächelnd hast Du zu mir gesagt: »Kannst ja nichts dafür, Oma; bist eben so erzogen worden!«

Nun ja, liebe Enkeltochter, es mag ja sein, daß ich seinerzeit wirklich dazu erzogen wurde, das männliche Geschlecht als »Krone der Schöpfung« zu sehen. Aber immerhin hat es eine lange Zeit in meinem Leben gegeben, wo mir gar nichts anderes übrigblieb, als selber der »Herr im Haus« zu sein! Dein Großvater wurde 1939 Soldat und kam 1948 aus der Gefangenschaft heim. All die Jahre dazwischen, und das waren recht harte Jahre, hatte ich ganz allein auf mich gestellt zurechtzukommen. Mit dem Haushalt und der Arbeit in der Fabrik, mit den Kindern und dem Geldeinteilen, mit der Not und dem Hunger, mit der Angst und den Sorgen, mit dem Hamstern und dem Schleichhandel, mit der Bombenruine, die aus unserer Wohnung geworden war, und mit vielen anderen Problemen, von denen Ihr heute keine Ahnung habt, noch dazu. In extrem schwierigen Zeiten mußte ich also, so wie Hunderttausende Frauen auch, total emanzipiert sein. So selbständig wie wir Frauen im Krieg und in der ersten Nachkriegszeit waren, hatte keine Frauengeneration nach uns zu sein! Und rückblickend läßt sich wohl behaupten, daß wir das ganz gut geschafft haben.

Die von uns, deren Männer aus dem Krieg nicht mehr heimgekommen sind, haben es auch weiter geschafft. An Selbstbewußtsein, Mut, Stärke und Zuversicht hat es uns damals wirklich nicht gefehlt. Und wer sich in den lausigsten aller Zeiten behaupten kann, der traut sich auch zu, das ganz normale Leben ohne viel männliche »Oberaufsicht« zu schaukeln.

Aber als dann Dein Großvater nach neun Jahren wieder da war, habe ich gemerkt, daß es besser für uns alle ist, ihn wieder als »Herrn im Haus« einzusetzen. Warum? Weil er schreckliche neun Jahre hinter sich hatte, neun Jahre, in denen er nicht – so wie ich – zum »Umlernen« gekommen war. Er war ein kranker, schwacher, rat- und hilfloser »Heimkehrer« ohne viel Hoffnung, und hätte er gemerkt, daß ich mich während seiner langen Abwesenheit verändert habe und das Leben auch ohne ihn meistern kann, wäre er sich »überflüssig« vorgekommen und hätte seinen traurigen Zustand überhaupt nicht mehr überwunden. So war das, liebe Enkeltochter! Und ich bin der festen Überzeugung, daß es auch eine Art von »Emanzipation« ist, die Schwachen und Mutlosen die eigene Kraft und Stärke nicht spüren zu lassen.

Deine Oma

Liebe Tochter

Gestern bist Du mit mir in den Supermarkt gefahren und hast mir einen ganzen Einkaufswagen voll »Grundnahrungsmittel« eingekauft, damit ich in den nächsten drei, vier Wochen keine schwere Einkaufstasche drei Stockwerke hoch zu schleppen habe.

Das war sehr nett von Dir! Ehrlich! Trotzdem habe ich auf dem Heimweg ein bißchen sauer dreingeschaut, und das hat Dich zur Annahme verleitet, daß eine alte Frau wie ich eben von der Üppigkeit eines Supermarktes »verwirrt und überfordert« sei.

Also, werte Tochter, gar so von »vorgestern« bin ich nun auch wieder nicht, daß ich verwirrt und überfordert wäre, wenn ich an zehn Meter Papierwindeln, sechs Meter Katzenfutter und vier Meter Punschkrapfen vorbeihumpeln muß. Sauer geschaut habe ich wegen Deinem Betragen an der Kassa! Da war nämlich eine alte Frau vor uns an der Reihe. Die hat nur ein paar Kleinigkeiten im Wagen gehabt. Dreißig Schilling und irgendwelche Groschen haben die ausgemacht. Die alte Frau hat die Brieftasche herausgenommen. In der war aber nur ein Tausender. Den wollte sie sichtlich nicht »anpatzen«. Sie hat zur Kassierin gesagt: »Warten S', vielleicht hab' ich's im Börsel kleiner!« Dann hat sie das Geldbörsel aus der Handtasche geholt, hat darin herumgekramt, hat aber nur zwanzig Schilling zusammengebracht, das Geld also wieder ins Börsel getan und dann doch den Tausender aus der Brieftasche geholt. Ich hab' auf die Uhr geschaut! Exakt zwei Minuten hat diese verzögerte Bezahlung gedauert! Aber Du hättest Dich sehen sollen! Wegen dieser lächerlichen zwei Minuten bist Du von einem Fuß auf den anderen getreten, hast die Augen verdreht, geseufzt und gestöhnt. Du hast Dich aufgeführt, als ob Dir die alte

Frau Jahre Deines Lebens rauben würde! Dabei haben wir ja überhaupt keine Eile gehabt.

Vor dem Supermarkt hast Du dann eine Bekannte getroffen und gute zehn Minuten mit der getratscht! So kostbar können also Deine Minuten auch wieder nicht sein! Was macht Dich also so ungeduldig? Warum kannst Du nicht einsehen, daß alte Menschen eben etwas langsamer und umständlicher werden? Hat bei Dir nur der Lebensberechtigung, der das gleiche Ruck-zuck-Tempo drauf hat wie Du? Bist Du – sozusagen – die menschliche Norm, und alles, was von Deinem Verhalten abweicht, taugt nicht?

Wenn dem so sein sollte, dann frage ich mich aber, was Du einmal tun wirst, wenn Du selber von Deiner »Norm« abweichen wirst. Wenn Du nicht mehr so wieselflink und hurtig wie jetzt sein wirst. Wirst Du dann über Dich selber stöhnen und dabei die Augen verdrehen und Dir zuzischen: »Jetzt mach aber endlich, Oide!«? Dieses würde gern wissen

Deine Mutter

Werter Nachwuchs

Ich lese Euch ja gern die Leviten und halte Euch vor, was mir an Euch so gar nicht in den Kram paßt. Doch das soll nicht heißen, daß ich nur die Generationen, die nach mir zur Welt gekommen sind, für unvernünftig, stur und oft sehr egoistisch halte. Es gibt auch in meiner Generation jede Menge Hornochsen, und gerade in meiner Umgebung sind da ein paar, die reden allerhand daher, was mich zur Weißglut bringen könnte. Steht, zum Beispiel, der alte Wessely in der Trafik, hört dem Trafikanten und mir zu, wie wir vom Ozonloch reden, und sagt: »Was regt's euch auf, bis das Ozonloch wirklich zum Tragen kommt, sind wir alle drei doch längst unter der Erd'!« Oder die alte Müller! Ich schimpf' auf die Atomkraftwerke, und sie sagt in aller Seelenruhe: »Geh, Emma, in deinem Alter mußt keine Angst mehr haben, auch wenn so ein Werk in die Luft gehen tät. So lang, daß bei dir noch der Knochenkrebs ausbrechen könnt', lebst eh nimmer!« Und unsere Mali-Tant', wie die im Radio hört, daß jeder zweite Baum schon krank ist, meint gelassen: »Na, solang ich leb', werden die Bäum noch Blattln haben!« Ich bin ja dafür, daß ein alter Mensch seinen »Frieden mit der Welt« macht, und ich weiß auch, daß ein alter Mensch nicht mehr die Kraft hat, gegen alle Mißstände auf Erden etwas zu unternehmen und für ein schöneres Leben zu kämpfen. Aber so wie der Wessely, die Müller und die Mali reden, riecht mir das doch verflixt nach: »Nach uns die Sintflut!« Ich habe einmal einen Satz gelesen, der hat gelautet: »Wir haben die Erde nur von unseren Enkeln geborgt!« Und je öfter ich über ihn nachdenke, um so richtiger kommt er mir vor. Und da sage ich mir dann: Mit geborgten Sachen hat man besonders vorsichtig umzugehen! Und zurückgeben muß man sie auch! Wenn der Wessely, die Müller, die Mali – und ich auch – einmal das

Stückerl Erde, was wir uns geborgt haben, werden zurückgeben müssen, so bin ich mir nicht sicher, ob wir dann ein reines Gewissen haben können! Eines jedenfalls ist gewiß: Zum Zeitpunkt, als wir zur Welt kamen, war die Welt in einem wesentlich heileren Zustand! Und weder die Natur noch irgendwelche außer- oder überirdischen Kräfte, sondern die Menschen haben die Welt in den grauslichen Zustand gebracht, in dem sie nun ist. Und meine Generation kann da auch nicht die Hände in Unschuld waschen, die Verantwortung auf die Jungen schieben und sich damit trösten, daß es »uns bei Lebzeiten eh nimmer trifft«, meint

Eure Oma

Werter Nachwuchs

Was ich mir zum Muttertag von Euch wünsche, wollt Ihr wissen? Tut mir leid, da kann ich mit guten Tips kaum dienen. Ich könnte Euch allenfalls allerhand nennen, was ich mir ganz gewiß nicht wünsche! Um nur ein paar davon zu nennen: Ich habe keinen Bedarf mehr an Grünpflanzen, weil meine Wohnung kein Wintergarten ist und all die Platzerln, wo Pflanzen gedeihen können, ohnehin schon besetzt sind. Ich will keine Torten und keine Konfektschachteln, weil ich eh zu dick bin und mir der Doktor das Naschen verboten hat. Ich brauche weder Hausschuhe noch Strickjacken, weil in meinem Kasten etliche nagelneue Schlapfenpaare und Westen lagern, lauter Geschenke von Euch aus den letzten Jahren. Mit den Halstüchern, die Ihr mir zu diversen Anlässen verehrt habt, könnte ich bis zu meinem hundertfünfzigsten Geburtstag auskommen! Ich bin halt eine, die ihre Sachen austrägt und nicht zweimal jährlich zur Fetzensammlung tut. Na, jetzt hör' ich Euch wieder klagen: »Was soll man der Oma bloß schenken, wenn sie keine Wünsche hat?« Nun, ganz so ist das nicht. Wünsche hätte ich viele. Allerdings sind das lauter Dinge, die nicht zu kaufen sind. Gern hätte ich, zum Beispiel, Gutscheine von Euch. Gutscheine für Besuche bei mir. Nun sagt bloß nicht, daß Ihr ohnehin oft auf Besuch zu mir kommt! Darum geht es nicht. Die Gutscheine sollen mit Datum und Uhrzeit versehen sein. Und Ihr müßt Euch dann exakt an das Datum und die Uhrzeit halten! Eure werte Meinung, daß die Oma eh daheim hockt und nichts vorhat und es daher ganz egal ist, ob man bei ihr pünktlich andampft, ist eine falsche! Gerade wenn man alt ist und keinen »vollen Terminkalender« mehr hat, wird jede Unterbrechung des monotonen Alltags wichtig. Dann wacht man schon in der Früh auf und freut sich, daß heute Besuch kommt.

Und den ganzen Vormittag schaut man auf die Uhr und denkt sich: Noch vier Stunden! Und dann: Noch zwei Stunden! Und dann: Gleich muß es klingeln! Glaubt es mir, werter Nachwuchs, wenn es dann nicht an der Tür klingelt, ist man sehr traurig. Und wenn dann, Stunden später, das Telefon klingelt und der ersehnte Besuch sagt, es sei ihm etwas dazwischengekommen und er werde halt morgen oder übermorgen kommen, dann könnte man fast heulen. Auch wenn man sich zusammennimmt und sagt: »Aber macht ja nix! Versteh' ich ja!« In Wirklichkeit verstehe ich es nämlich nicht, sondern halte es für eine abscheuliche Lieblosigkeit!

Eure Oma

Werter Nachwuchs

Ihr habt mir schon öfter den Vorschlag gemacht, unser Familiengrab einer Friedhofsgärtnerei zur Betreuung zu übergeben. Und ich habe diesen Vorschlag jedesmal strikte abgelehnt. Worauf dann Du, werte Tochter, gemurmelt hast: »Na ja, stur wie immer!«

Und Du, werter Herr Sohn, hast mir erklärt, das sei eine sentimentale Gefühlsduselei von mir, und weder Dein Vater noch die anderen, die in unserem Grab liegen, seien in der Lage, den Unterschied zwischen Gärtner-Betreuung und Emma-Betreuung wahrzunehmen.

Feinfühlig, wie Du nun einmal bist, hast Du dann noch hinzugefügt: »Geh, Mama, unserem Papa ist doch wurscht, wer ihn gießt!«

Deinem Vater, werter Herr Sohn, ist es sogar wurscht, ob ihn überhaupt jemand gießt! Es geht nicht um die, die im Grab drinnen sind, es geht um mich! Mir ist es nicht wurscht! Ich gebe gern zu, daß es mir gar nicht so leichtfällt, mit einem Sack Erde, sechs Stiefmütterchen-Töpfen und der Gießkanne zum Grab hinaus zu humpeln. Das fällt mir sogar sehr schwer. Recht erschöpft bin ich jedesmal, wenn ich vom Friedhof heimkomme. Aber zufrieden bin ich auch. Und darauf möchte ich nicht verzichten.

Wenn Ihr mir also wirklich helfen und mich »entlasten« wollt, dann könnte doch einer von Euch mit dem Auto kommen und mich zur Gärtnerei fahren. Ihr könntet mir die Erde und die Blumen zum Grab hinauftragen. Sogar beim Einpflanzen und beim Gießen und Unkrautzupfen könntet Ihr mir helfen.

Aber dann, bitte schön, möchte ich ein bißchen allein gelassen werden. Ihr könnt ja im Auto auf mich warten. Oder auf dem Bankerl neben dem Friedhofstor.

Warum ich allein beim Grab sein will? Ob ich bete? Ob

ich mit einem von denen, die unter den Stiefmütterchen liegen, Zwiesprache halte?

Werter Nachwuchs, das geht Euch wirklich gar nichts an! Das ist ausschließlich meine Angelegenheit, und die versuche ich erst gar nicht, Euch zu erklären, weil ich ganz genau weiß, daß Ihr das nicht versteht. In Eurem Alter habe ich es auch nicht verstanden. Aber man muß ja nicht alles wirklich verstehen, um es zur Kenntnis zu nehmen und zu akzeptieren, oder?

Helft mir also, das Grab zu pflegen, oder laßt es bleiben, wenn es Euch zu viel Mühe macht! Aber mit einem grünen Gärtnerei-Staberl im Grabrasen und einem jährlichen Erlagschein ist mir wahrlich nicht geholfen!

Das wollte ich nur gesagt haben, damit es nicht wieder heißt: »Die Mama läßt sich ja nicht helfen!«

So, nun liegt's an Euch, ob sich helfen läßt

Eure Mutter

Werter Nachwuchs

Die Breinstingl ist Witwe, siebzig Jahre alt und ein tagtägliches Ärgernis für die Prihoda. Die Prihoda ist vierzig Jahre alt, verheiratet und hat einen zwanzigjährigen Sohn. Der wiederum hat eine Freundin, und die hat sich mit ihren Eltern absolut nicht vertragen und ist zu den Prihodas gezogen und wohnt nun seit einem Jahr bei ihnen.

Was das mit der Breinstingl zu tun hat? Die Breinstingl ist die Nachbarin von den Prihodas und hat eine Vier-Zimmer-Wohnung, während die Prihodas bloß Zimmer-Küche-Kabinett haben.

Seit einem Jahr nun erklärt die Prihoda jedem, der ihr in die Quere kommt, total verbittert: »Na, sagen S' ehrlich, ist das nicht eine Ungerechtigkeit, die zum Himmel schreit? Die Alte kann in ihren vier Zimmern Rollschuh laufen, und wir steigen uns in der winzigen Wohnung gegenseitig auf die Zehen!«

Weil ich mir das jetzt schon hundertmal hab' anhören müssen, ist mir heute die Geduld gerissen, und ich hab' gesagt: »Gute Frau, gerecht ist es nicht, aber gerecht geht es auf der Welt überhaupt nicht zu! Könnt' auch die Breinstingl sagen, daß es ungerecht ist, nur vier Zimmer zu haben, wenn es Millionäre gibt, die allein in Schlössern wohnen! Könnt' auch der Jugo-Hausmeister sagen, daß es ungerecht ist, wenn er mit Frau und drei Kindern auf Küche-Kabinett wohnen muß, wo andere zu viert Zimmer-Küche-Kabinett haben!«

Da ist es der Prihoda herausgerutscht!

Sie hat zu mir gesagt, daß man gegen die Ungerechtigkeit auf der Welt machtlos ist, aber so eine »Alte« könnt' doch wenigstens »von selber« einsehen, daß ihr soviel Wohnraum nicht mehr zusteht! Und da kann ich, hat sie zu mir gesagt, alle »Jungen« fragen, die seien derselben Meinung wie sie.

Das heißt also: Die Ungerechtigkeit, daß ein »Junger« unverdienterweise mehr hat als ein anderer »Junger«, die wird widerspruchslos hingenommen.

Aber daß, unter Umständen, ein »Alter« mehr hat als ein »Junger«, das darf nicht sein, da müßte man, zumindest laut Prihoda und Gleichgesinnten, »eingreifen«.

Vielleicht mit einem Gesetz, das bestimmt, daß man nur dann eine Pension kriegt, wenn man in eine kleinere Wohnung übersiedelt?

Wir Alten könnten uns ja wirklich schön langsam auf die »letzte Ruhestätte« vorbereiten! Mit sechzig in ein 12-Quadratmeter-Seniorenheim-Zimmer und mit achtzig in ein 2-Quadratmeter-Pflegeheimbett! Dann wären wir wenigstens gut darauf trainiert, im 1-Quadratmeter-Sarg bequem zu ruhen! Sonst noch was gefällig? Wir haben ja nicht nur Wohnungen! Wir haben auch Sparbücher! Und viele von uns haben Schmuck und Wertpapiere und sogar Grundbesitz und Häuser! Könntet Ihr »Jungen« das nicht alles weitaus besser brauchen als wir? Dieses fragt sich

Eure Oma

Liebe Enkeltochter

Du hast mir von Deiner neuen »Herzensflamme« vorgeschwärmt. Davon, welch »irre toller« Mann das sei. Und Du hast dabei auch angedeutet, daß Du gar nicht abgeneigt wärst, »auf immer und ewig« mit ihm zusammen zu bleiben. Hättest Du das nicht getan, hätte ich mich nach dem jungen Mann gar nicht näher erkundigt, denn Deine diversen »Herzensflammen« waren ja bisher von so kurzer Dauer, daß ich es längst aufgegeben hatte, da im Detail Bescheid zu wissen. Meine diesbezüglichen Bemühungen hatten ja ohnehin bloß zu Peinlichkeiten geführt, wie damals, als ich den netten jungen Mann nach Eurem gemeinsamen Urlaub in Griechenland fragte und ihn dazu noch mit »Max« ansprach. Weil ich nicht überzuckert hatte, daß sein Name »Konrad« und der Max bloß eine zwischenzeitliche Entgleisung gewesen war. Da Du aber diesmal so geredet hast, als ob Du »ernste Absichten« hättest, habe ich dich gefragt: »Ist er auch zuverlässig?« Und da hast Du mich angeschaut, als wäre ich gerade vom Vollmond heruntergefallen. Kann mir schon vorstellen, was Du Dir gedacht hast! Ungefähr folgendes: Da erzähl' ich der Oma, wie sagenhaft toll er ist, wie charmant und blendend aussehend, wie erfolgreich und gescheit, wie sensibel und zärtlich, wie gebildet und humorvoll, wie einfühlsam und phantasievoll, und dann fragt sie, ob er zuverlässig sei! Zuverlässig! Was soll denn das überhaupt heißen? Ist ja ein Wort aus dem Tandler-Laden!

Stimmt's, liebe Enkeltochter? Waren Deine Gedanken von dieser Art? Na eben! Mag ja wirklich sein, daß das Wort »zuverlässig«, wenn es um Lebenspartner geht, ein wenig aus der Mode gekommen ist, aber die Charaktereigenschaft, die damit gemeint ist, muß eigentlich noch immer recht gefragt sein, denn sie ist nach wie vor für ein halbwegs glückliches Miteinander die wichtigste Voraussetzung. Was nützen Dir eines Mannes Charme und Schönheit, seine Klugheit und sein beruflicher Erfolg, seine Phantasie, sein Humor, seine Bildung und seine Zärtlichkeit, wenn Du Dich nicht auf ihn verlassen kannst?

Glaub mir, liebe Enkeltochter, Dein Großvater war keine Schönheit und oft eher ein Grantscherm denn ein Charme-Sonnenscheinchen, seine Bildung hat mehr Löcher gehabt als ein Emmentalerkäs', und zärtlicher und einfühlsamer hätte ich ihn mir auch oft gewünscht. Aber ich habe ganz genau eines gewußt: Er hält zu mir, auf ihn kann ich mich verlassen, auch wenn es noch so dick kommt! Im Stich läßt mich der nie!

Im Moment mag Dir das ja nicht so wichtig erscheinen, weil Du noch Eltern und eine Oma hast und von denen dies alles mit Recht annehmen kannst. Aber später einmal, wenn Du uns nicht mehr hast, wirst Du merken, daß man nichts mehr braucht als einen, der »zuverlässig« ist, meint

Deine Oma

Werter Nachwuchs

Hin und wieder, wenn ich mir so anschaue, wie vital und unternehmungslustig andere alte Leute sein können, dann komme ich mir wie eine lahme, bleierne Ente vor und werde gelb vor Neid. Sicher hängen Vitalität und Unternehmungslust, die man hat, mit dem körperlichen Zustand zusammen, in dem man ist. Aber daran allein kann es auch nicht liegen! Die Huber-Vicki zum Beispiel, die ist exakt mein Jahrgang, und die ist nun wahrlich nicht gesünder als ich. Sieben schwere Operationen hat die Frau hinter sich, was sie täglich an Pulvern und Pillen schlucken muß, das füllt beinahe eine Zigarettenschachtel. Und Schmerzen, einmal mehr, einmal weniger, hat sie den ganzen Tag. Aber trotzdem ist sie unterwegs wie eine Diesellok und hat einen vollen »Terminkalender«. Die Vicki hat ihren Senioren-Tanzkurs und ihre Bridge-Runde. Sie hat ihre Turnstunde und ihren Volkshochschul-Bastelkurs. Sie trifft sich in einem Wirtshaus mit anderen alten Leuten zum Wiener-Lieder-Singen, sie geht einmal wöchentlich zu einer »Handarbeitsrunde«, wo gestrickt, gestickt und geplaudert wird. Alle zwei Wochen trifft sie sich mit ihren alten Schulfreundinnen, mit denen, die halt noch am Leben sind. Gemeinsam machen die auch Autobusfahrten übers Wochenende. Und seit einem Monat geht die Vicki nun sogar in einen Spanisch-Kurs. »Ja Vikki, was willst denn mit Spanisch?« habe ich sie gefragt. »Na, was werd' ich schon wollen?« hat sie mir geantwortet. »Mit den Spaniern will ich spanisch reden!« Und dann hat mir die Vicki erklärt, daß sie die Absicht hat, den nächsten Winter auf einer spanischen Insel zu verbringen. Da gibt es, hat sie mir erklärt, so preiswerte Angebote, daß sie sich das von ihrer Pension – und ihrem Ersparten dazu – gut leisten kann. Richtig vorgeschwärmt hat mir die Vicki von dieser Insel. Ich hab' ihr angemerkt, daß sie es gar nimmer erwarten kann, daß endlich Spätherbst wird und sie abfliegen kann. Dann hat sie mich gefragt, ob ich nicht auch mitkommen will. Und wie ich gesagt habe, daß ich mich zu alt und zu krank fühle, um so eine Reise zu riskieren, da hat sie mich ausgelacht und gesagt: »Emma, viel Zeit haben wir nimmer! Ist schade um jede Stund', die vergeht, ohne daß was passiert!« Recht hat sie ja, die Vicki! Ich werde es mir zu Herzen nehmen. Muß ja nicht gerade die spanische Insel sein. Aber Wiener Lieder, die könnten mir zusagen! Ich glaube, meine Stimme kann sich immer noch hören lassen!

Eure Oma

Werter Nachwuchs

Ihr wißt, ich habe unsere Mali-Tante ja sehr gern, aber hin und wieder muß ich mich über sie doch sehr wundern, um nicht zu sagen: ärgern!
Jedesmal, wenn ich mit ihr zusammen bin, ist es die ewig gleiche Leier! »Ach, Emma«, sagt sie zu mir, »du hast es gut! Du hast ja Kinder! Du hast ja keine Ahnung, wie gut du im Leben dran bist, weil du Kinder hast, die sich um dich kümmern!« Meistens nicke ich ja dann bloß, weil es keinen Sinn hat, mit der Mali herumzustreiten. Sie ist nämlich in den letzten Jahren ziemlich stur und stützig geworden. Aber gestern habe ich ihr geantwortet: »Schau, Mali, dafür hab' aber auch ich mich ein Vierteljahrhundert um die Kinder kümmern müssen!« Sagt sie drauf: »Waren aber doch schöne Jahre für dich, Emma! Die Kinder haben dir doch viel Freude gemacht!« – »Sowieso«, sag' ich drauf, »aber auch allerhand Kummer und Sorgen!« Und sie schüttelt den Kopf und murmelt: »Geh, geh, waren doch eh so brave Patscherln!« Da ist mir eingefallen, daß ich meine »braven zwei Patscherln« vor dreißig Jahren einmal für eine Woche der Mali in Kost und Quartier geben wollte, um mit meinem Mann einmal zu zweit eine Woche Ferien haben zu können. »Unmöglich, Emma«, hat die Mali damals zu mir gesagt, »weißt eh, Kinder machen meinen Mann nervös! Und überhaupt deine, die können ja keine Minute still sitzen und sind auch immer so schrecklich laut!« Und mir ist auch eingefallen, wie oft ich die Mali heimlich und leise beneidet habe, weil sie sich sehr viel hat leisten können, worauf ich hab' verzichten müssen. Und wie ich einmal zu ihr gesagt habe, daß sie ein schönes Leben hat, mit tollen Urlauben und Theaterbesuchen und schönen Kleidern, da hat sie doch glatt gesagt: »Hättest dir halt keine Kinder angeschafft, könntest es genauso schön haben!«

Und schließlich ist mir noch eingefallen, daß die Mali seinerzeit oft zu mir gesagt hat: »Emma, das Herz, wegen der Kinder auf so viel zu verzichten wie du, das hätt' ich nicht!« Also hab' ich gesagt: »Na ja, Mali, erinnerst dich nimmer, auf wieviel ich hab' verzichten müssen?« Schaut sie mich an und sagt: »Ja, ja, aber das wär' ja jetzt längst schon vorüber!«

Na, so kann man es eben auch sehen! Um es in der Schrebergärtnersprache zu sagen: Sie wollte nie säen, nie düngen, nie gießen, nie Unkraut zupfen, nie Blattläuse abklauben! Und jetzt würde sie gern ernten! Schön wär's, aber das wird halt nicht g'spielt, meint

Eure Oma

Werter Nachwuchs

Heute vormittag habe ich mir einen bequemen Sessel zur Kommode gerückt, in der festen Absicht, die vier großen Laden radikal auszumisten. Hin und wieder überkommt mich so ein Vorsatz! Vor allem deshalb, weil ich mir denke: Emma, wennst einmal tot bist, soll dein werter Nachwuchs nicht kopfschüttelnd und ratlos in lauter altem Kram wühlen müssen! Und die Gefahr, daß ich irgendwelche »Antiquitäten von Wert« irrtümlich wegwerfen könnte, die besteht ja nicht. Zu solch edlen Dingen hat es bei Eurer Oma nie gereicht. Das heißt, ich gestehe es reumütig ein – ich war seinerzeit auch zu dumm, um vorauszuahnen, was heutzutage alles als wertvolle Antiquität gehandelt wird! Unlängst erst bin ich vor der Auslage von so einem Luxus-Tandler stehengeblieben. Eigentlich nur, um zu verschnaufen. Und was sehe ich – und glaube meinen Augen nicht zu trauen –, haarscharf das gleiche Kaffeeservice, das mir meine alte Tante Anna im Jahr 1944 geschenkt hat! Damals hat in unser Nachbarhaus eine Bombe eingeschlagen, und bei uns in der Wohnung ist alles in Scherben gegangen, was in Scherben hat gehen können. Und da ist die Tante Anna dann mit ihrer großen Einkaufstasche dahergekommen und hat das Kaffeeservice herausgeholt, eingewickelt in lauter Seiten vom ›Völkischen Beobachter‹. »Schön ist es ja nimmer«, hat sie entschuldigend gesagt, »aber immer noch besser als gar nix!« Ein paar Jahre lang haben wir aus diesen Tassen unseren Ersatzkaffee getrunken. Dann hat man wieder Porzellan zu kaufen bekommen, und ich habe mir das Geld für sechs moderne pastellfarbene Tassen zusammengespart. Und weil in unserer Kredenz eh nicht viel Platz war, habe ich das Tante-Anna-Service rausgeschmissen. Ich habe es Dir, liebe Tochter, zum »Kocherl-Spielen« überlassen, und da ist es ja dann ziemlich schnell kaputt gewesen. Wie ich da also, ziemlich erstaunt, vor der Auslage stehe, kommt der Ladenbesitzer zur Tür, und ich frag' ihn nach dem Preis vom Service. Sechstausend Schilling, sagt er. Sechstausend! Und daß das eine »rare Seltenheit in Art déco« ist! Na, da siehst, liebe Tochter, welches Luxus-Spielzeug Du gehabt hast! Aber eigentlich wollte ich ja von meiner Ladl-Ausmisterei berichten. Na ja, da gibt's eh nichts zu erzählen! Ich hab' sie ausgeräumt und dann wieder eingeräumt. Bin halt eine alte Bandlkramerin, die sich von nichts mehr trennen kann! Und vielleicht ist ja auch noch irgendwas in »Art déco«, was ich nicht erkenne.

Eure Oma

Werter Nachwuchs

Als Ihr das letzte Mal bei mir auf Besuch wart, seid Ihr im Stiegenhaus der alten Frau Dworak begegnet, und ganz entsetzt habt Ihr mir nachher erklärt, daß Ihr nicht verstehen könnt, wie sich die Frau »gehenläßt«. »Die verlottert und verludert ja total!« habt Ihr gesagt. Und den Kopf habt Ihr geschüttelt über soviel unerklärliche Verwahrlosung. Nun ja, werter Nachwuchs, wie die alte Dworak so daherkommt, das ist wirklich eine traurige Sache. Noch dazu, wo sie früher so eine nette, adrette Frau war. Aber deswegen zu meinen, daß bei ihr »im Kopf etwas nicht stimmen« müsse, das ist wahrlich ein Unsinn. Mit der alten Frau Dworak kann man noch sehr vernünftig reden! Glaubt mir, es gehört schon allerhand Energie dazu, »auf sich zu schauen«, wenn man alt ist und ganz allein, wenn – so wie bei der Dworak – nie jemand zu Besuch kommt. Man vergißt leicht, auf sich zu schauen, wenn niemand auf einen schaut! Außerdem sieht die Frau Dworak sehr schlecht, und es gibt keine Brille, die dagegen hilft. Sie sieht also oft gar nicht, ob ihre Kleidung sauber ist oder schmutzig und voll Flekken. Und sie hat es in den Schultergelenken. Sie kann die Arme nicht gut heben. Bevor Ihr sagt: »Wenigstens ordentlich frisieren könnt' sie sich doch!«, versucht erst einmal, Euch ordentlich zu frisieren, wenn Ihr die rechte Hand nicht zum Kopf hoch bringt. Aus den gleichen Gründen ist sie auch nicht in der Lage, sich einen Knopf anzunähen. Nicht einmal mit einem »Einfädler« bringt sie einen Faden in ein Nadelöhr. Gewiß, gewiß, werter Nachwuchs, um sich ordentlich zu waschen, würden die Kräfte der alten Frau Dworak wohl reichen. Nur, wißt Ihr, manchmal schafft sie halt auch das nicht. Wohl deshalb, nehme ich an, weil für sie die Lebenseinteilung in Tag und Nacht nicht mehr gilt. Und damit gibt es auch

keinen Morgen und keinen Abend, wo man sich wäscht.
Die Frau Dworak hat oft arge Schmerzen, die sie nicht
schlafen lassen. Dann durchwacht sie die halbe Nacht,
nimmt dann ein starkes Schlafmittel und wird zu Mittag
mit einem dicken Brummschädel munter. Es gibt auch
Tage, hat sie mir erzählt, da erwischt sie zuviel Schlafmittel und schläft zwei Tage durch. Und wacht dann auf und
weiß, wenn es dunkel ist, nicht einmal, ob nun früher
Morgen oder später Abend ist. Wundert Euch also nicht
darüber, daß die alte Frau Dworak kein sehr schöner
Anblick mehr ist, bewundert die alte Frau lieber dafür,
daß sie trotz allem ihr Leben noch schafft, meint

Eure Oma

Werter Nachwuchs

Es geht Euch allen, gottlob, sehr gut, Ihr lebt in sattem Wohlstand und habt keine größeren Sorgen. Ob es stets Eure eigene Tüchtigkeit war, die Euer Leben so schön gemacht hat, oder ob da auch viele glückliche Umstände und Zufälle mitgespielt haben, sei dahingestellt. Aber ganz sicher ist auch eines: Je besser es Euch selber geht, umso weniger Verständnis scheint Ihr für die Menschen aufzubringen, die es nicht so gut getroffen haben wie Ihr! Und soviel Hochmut finde ich einfach unerträglich!

Wie kommt Ihr eigentlich dazu, derart selbstgerecht über andere Leute zu urteilen? Über Arbeitslose, zum Beispiel! Da posaunst Du, großkopferter Herr Sohn, leichtfertig daher: »Wer arbeiten will, der hat noch immer Arbeit bekommen!« Oder: »Die kassieren doch alle vom Staat und hackeln schwarz!«

Gewiß, werter Nachwuchs, solche Menschen gibt es. Und sie sind sicher gar nicht so wenige, daß man sie als »Ausnahmefälle« abtun könnte. Aber ebenso gewiß machen sie nicht die Mehrheit der Arbeitslosen aus. Die meisten Menschen wollen arbeiten und sind unglücklich und verzweifelt, wenn sie ihren Arbeitsplatz verlieren und keinen neuen finden!

Oder glaubst Du vielleicht auch, daß Dein Vater, damals in den dreißiger Jahren, arbeitslos und ausgesteuert, ein fröhlicher, raffinierter Tachinierer gewesen ist? Einer, der es sich auf Staatskosten bequem gemacht hat? Ach nein, das glaubst Du nicht! Wie? Damals waren die Zeiten ganz anders? Das kann man nicht vergleichen? Jawohl, Herr Sohn! Damals waren die Zeiten wirklich anders, damals hieß Arbeitslosigkeit tatsächlich: Hunger und kein Dach über dem Kopf und keine Schuhe an den Füßen. Gottlob heißt es das heute nicht mehr. Aber das seelische Elend, nicht gebraucht zu werden und sich unnütz vorzukommen, an dem wird sich nicht viel geändert haben.

Und dann kommst Du daher und redest von »Schmarotzern«! Was wäre denn, werter Herr Sohn, wenn Deine Firma morgen in Konkurs geht? So was soll ja heutzutage des öfteren passieren. Bist Du Dir ganz sicher, daß Du mit Deinen fast fünfzig Jahren gleich im Handumdrehen wieder eine passende Stellung bekommen würdest?

Und Du, gute Enkeltochter, die Du so unbeschwert studierst, überleg Dir einmal, wie das wäre, wenn Du nicht hier, sondern irgendwo im Waldviertel oder in der Steiermark zur Welt gekommen wärst, bei Eltern, die kein Geld für ein Studium gehabt hätten. Dann wärst Du jetzt vielleicht gerade frisch gekündigte Hilfsarbeiterin in einer Fabrik, die sich gesundschrumpft! Ihr habt – so leid es mir tut – keine Ahnung! Ihr plappert bloß nach, was Ihr so hört und lest! Denkt gefälligst einmal nach! Oder haltet wenigstens den Mund, meint

Eure Oma

Werter Nachwuchs

Der Mensch ist ein wankelmütiges Wesen. Einmal sieht er eine Sache so, einmal sieht er ebendiese Sache wieder ganz anders. Ich bin da auch keine Ausnahme!

Gestern noch bin ich, in schöner Einigkeit mit Dir, liebe Tochter, und Dir, liebe Enkeltochter, der Ansicht gewesen, daß sich für die Frauen, und besonders für die, die Mütter sind, im Laufe der Generationen nicht sehr viel zum Guten hin geändert habe und daß sie immer noch die »Tupferln« in unserer Gesellschaft seien. Und heute habe ich an meine Mutter denken müssen und daran, wie der ihr Leben so gewesen ist, und muß nun sagen: Da hat sich aber gewaltig viel geändert, da ist allerhand besser geworden!

Wenn ich mich an meine Kinderzeit erinnere, wie sehe ich dann meine Mutter vor mir? Ich sehe sie: Vor dem heißen Herd, sich mit einem Schürzenzipfel den Schweiß von der Stirn wischen! Hinter dem Waschtrog, schnaufend schwere Leintücher rumpeln! Beim Küchentisch, im Lichte einer Petroleumfunzel, Flicken in Unterwäsche einsetzen. Auf dem Boden kniend, mit einer Reisbürste die Bretter reiben! Den Markt, kurz bevor die Standler »einräumen«, dreimal auf und ab gehen, um die billigsten Angebote zu ergattern!

In meiner Erinnerung – und die ist keine schlechte – gibt es keine Mutter, die sich ausruht oder sich der Schönheitspflege hingibt, die ins Kino geht oder mit einer Freundin ins Kaffeehaus, die ein Kreuzworträtsel auflöst oder einen Roman liest. Höchstens einen Blick in die Zeitung hat sie sich gestattet. Mit Vaters Brille auf der Nase. Aber nicht, weil sie ihre eigene irgendwo verlegt hatte. Eine eigene Brille hat sie sich nicht leisten können. Wir waren schließlich fünf Kinder, und was unser Vater am Freitagabend heimgebracht hat, hat kaum fürs Allernötigste gereicht. Dabei war er wenigstens einer von denen, die alles heimgebracht und nichts im Wirtshaus gelassen haben. Immer wieder hat das meine Mutter lobend erwähnt. Und auch, daß sie von meinem Vater noch nie geschlagen worden ist. Aber Angst, glaube ich, hat sie schon vor ihm gehabt. Wie könnte es sonst sein, daß ich sie einmal zur Nachbarin weinend sagen gehört habe: »Jetzt bin ich schon vier Wochen über der Zeit! Ich trau' mir's meinem Mann gar nicht sagen!« Ich vermute, sie hat es ihm auch nicht gesagt. Und wenn ich mir vorstelle, wie sie es, vielleicht mit Hilfe der Nachbarin, »weggemacht« haben könnte, dann bin ich mir ganz sicher, daß sich, seit meine Mutter eine junge Frau war, für die Frauen sehr, sehr viel zum Guten hin verändert hat. Das heißt ja nicht, daß Ihr damit schon zufrieden sein und alles für »paletti und leinwand« halten müßt, aber stolz darauf sein könnten wir eigentlich! Hat uns ja keiner geschenkt! Haben wir uns ja erkämpft, meint

Eure Oma

Werter Nachwuchs

Eine uralte Redensart lautet: Von seinen Kindern darf man sich keinen Dank erwarten! Diese Redensart hat meine volle Zustimmung! Dank erwarte ich mir wirklich keinen von Euch. Dafür, daß ich Euch in die Welt gesetzt habe, braucht Ihr keinen speziellen Kniefall vor mir zu machen. Ihr habt mich schließlich nicht darum gebeten. Und es ist der Eltern Pflicht, für ihre Kinder so gut als nur möglich zu sorgen. Mit Dankbarkeit, werter Nachwuchs, habe ich also – wie man so sagt – nicht viel auf dem Hut! Aber zu sagen, daß ich mir von Euch überhaupt nichts erwarte, wäre doch ein wenig gelogen. Ich erwarte mir von Euch, rückblickend, ein wenig Anerkennung. Und die, um es einmal ehrlich zu sagen, bekomme ich ein bißchen zu selten. Und manchmal, wenn Ihr von Eurer Kindheit redet, dann sagt Ihr auch Sachen, die mich kränken. Ich weiß, Ihr meint es nicht böse, aber mir gibt das dann doch immer wieder einen Stich ins Herz.

Da sagst Du, liebe Tochter, zum Beispiel, zu Deiner Tochter: »Du kannst Dir ja gar nicht vorstellen, wie ich als Kind dahergekommen bin! Meine Klamotten waren wirklich das Allerletzte vom Allerletzten! Mit einer verbeulten Trainingshose und einem blödsinnigen Flanellwinterdirndl hab' ich einen ganzen Winter lang über die Runden kommen müssen!«

Und Du, werter Herr Sohn, informierst Deinen Sohn dahingehend, daß Du »armes Kind« bloß einen lächerlichen Holzroller gehabt hast, der nach hundert Meter Fahren das Hinterradl verloren hat, und daß Du wegen diesem komischen Gefährt von Deinen Freunden ausgelacht worden bist.

Nein, nein, gelogen sind Eure Erinnerungen wahrlich nicht. Aber damals waren die Zeiten halt lausige. Und wenn Eure Erinnerungen nicht so einseitig wären, könntet Ihr Euren Kindern auch erzählen, daß ich das »blödsinnige Flanellwinterdirndl« von der Nachbarin bekommen hab'. Und als Gegenleistung hatte ich dafür sechs Paar Socken zu stricken. Aus alten, löchrigen Pullovern, die ich vorher auftrennen mußte. Und Du, mein werter Sohn, könntest erzählen, daß Dein Vater stundenlang an dem komischen Holzroller herumrepariert hat und monatelang bei allen möglichen und unmöglichen Tandlern nach einem neuen Hinterrad gesucht hat. Und außerdem könntet Ihr noch erwähnen, daß Euer Vater und ich uns jahrelang überhaupt nichts gegönnt haben, nur damit Ihr das Allernotwendigste habt. Ich weiß schon: Gegen das, was Ihr Euren Kindern bietet, war das, was wir Euch geben konnten, gar nichts. Aber dieses »Gar nichts« hat uns viele Opfer gekostet. Ihr müßt überhaupt keine Opfer bringen, Ihr laßt Eure Kinder bloß an Eurem Wohlstand teilhaben. Dank, wie gesagt, brauche ich keinen. Aber all meine Müh' und Plag' einfach zu vergessen, ist auch nicht gerecht, findet

Eure Mutter

Werter Nachwuchs

Bei mir im Nachbarhaus wohnt die alte Frau Kern. Wie alt sie genau ist, weiß ich nicht, aber über achtzig ist sie gewiß schon. Und eigentlich wohnt sie auch gar nimmer da. Sie kommt höchstens einmal die Woche für einen Nachmittag, um zu schauen, ob alles in Ordnung ist. Die übrige Zeit ist sie in ihrem Garten, irgendwo an der Alten Donau draußen. Zweitausend Quadratmeter groß ist der Garten, und die alte Kern hat ihn noch gut – wie sie sagt – in der Hand. Daß dem so ist, merkt man im Sommer, wenn sie herein in die Stadt kommt. Immer hat sie einen Rucksack am Buckel, vollgestopft mit Obst und Gemüse. Nie fährt sie wieder weg, ohne mir ein paar Apferl, einen Salat, ein paar Marillen oder wenigstens ein Büscherl Petersilie zu verehren. Und im Winter, wenn sonst gar nichts wächst, dann hat sie ein Sträußerl Thymian für mich oder eine Handvoll Vogerlsalat.

Der Garten jedenfalls ist der Frau Kern ihr ganzer Lebensinhalt! Und nun ist wegen dem Garten ein riesiger Konflikt zwischen ihr und dem Nachwuchs ausgebrochen. Ihr Sohn hat sie nämlich, wie er zu ihr auf Besuch gekommen ist, auf der letzten Sprosse einer langen Leiter, in der Krone des großen und dazu noch morschen Kirschbaums, entdeckt. Entsetzt hat er so laut »Mama« gebrüllt, daß die arme Kern beinahe vor Schreck von der Leiter gefallen wäre. Und dann hätte sie ihm versprechen sollen, nie mehr auf den Kirschbaum hinaufzusteigen und überhaupt nie mehr auf eine Leiter, weil man in ihrem Alter leicht schwindlig wird und herunterfällt und sich einen Schenkelhalsbruch zuzieht, und der verheilt dann nimmermehr, und man bleibt bettlägrig bis an sein trauriges Ende. Aber die Kern hat ihm das nicht versprechen können, weil Obst vom Baum muß, sonst verfault es. »Besser die Kirschen verfaulen am Baum«, hat ihr der

Sohn vorgehalten, »als daß du im Gips liegst und nimmer hochkommst!«

Doch so kann die alte Kern nicht denken. Ihrem geliebten Garten nicht die allernötigste Pflege zukommen zu lassen, das wäre für sie genauso, wie wenn man einer Mutter verbieten würde, ihr Baby frisch zu wickeln. Und daher bleibt sie stur dabei, weiter auf Leitern klettern zu müssen. »Na schön«, sagt sie, »werd' ich halt einmal runterfallen und mir was brechen, was nimmer heilen wird. Der Tod muß sich ja eine Ursach' suchen!« Bis heut in der Früh hab' ich mich nicht entschließen können, ob ich der Kern oder ihrem Sohn recht geben soll, weil ich mir gedacht hab': Der Sohn bangt halt ums Leben seiner Mama! Aber heut in der Früh treff' ich den Sohn, und da sagt er: »Wenn s' runterfallt, hab' ich ja die Schererei!« Seither denk' ich mir: Recht hat die Kern! Nur damit der Bub ja keine Schererei hat, braucht sie nicht auf ihren Lebensinhalt zu verzichten!

Eure Oma

Liebe Tochter

Es ist schon sehr erstaunlich, wie sich die Zeiten so ändern! Seinerzeit, als Du, liebe Tochter, meintest, erwachsen zu sein und endlich »auf eigenen Beinen« stehen zu müssen, da hast Du Dir diese winzige Untermietwohnung genommen, und sooft ich Dich dort in Deinem »Mauseloch« besucht habe, habe ich Deine Vorräte an Eßbarem inspiziert, habe über das, was ich da gesehen habe, den Kopf geschüttelt und habe Dir sehr besorgte Vorhaltungen gemacht. »Aber Kinderl«, habe ich Dich gerügt, »du kannst doch nicht so ungesund leben! Du mußt richtige Mahlzeiten essen! Kekse, Rollmöpse und Marmeladebrot, das ist doch eine völlig falsche Ernährung!«

Und nun, liebe Tochter, kommst Du zu mir auf Besuch, öffnest die Kredenztüren, ziehst Laden heraus, inspizierst meinen Kühlschrank, schüttelst den Kopf über das, was Du da entdeckt hast, und machst mir sehr besorgte Vorhaltungen: »Aber Mama, du kannst doch nicht so ungesund leben! Du mußt richtige Mahlzeiten essen! Kekse, Rollmöpse und Marmeladebrot, das ist doch eine völlig falsche Ernährung!«

Ich gebe es ja zu: So wie ich seinerzeit recht gehabt habe, so hast nun Du recht! Aber das mit den »richtigen Mahlzeiten«, das ist halt so eine Sache, wenn man allein lebt! Ich will mich gar nicht viel darauf ausreden, daß es so schwierig ist, für eine Person zu kochen. Gewiß, da fallen viele Speisen, die ich gern mag, weg. Aber es gibt auch gute Sachen, die man in Miniportionen zubereiten kann. Und außerdem läßt sich allerhand einfrieren und später auftauen. Das Problem mit den »richtigen Mahlzeiten« ist aber für mich nicht das Kochen, sondern das Essen. Ich schaffe es einfach nicht, allein beim Tisch zu sitzen und zufrieden ein »köstliches Mahl« einzunehmen.

Da überkommt mich der Trübsinn! Meine größte Freude beim Essen war immer, daß es all denen, für die ich gekocht habe, geschmeckt hat. Seit ich bei Tisch keine zufriedenen Gesichter mehr um mich habe und keine Komplimente für meine Kochkunst zu hören kriege, brauche ich eine Zeitung zwischen meinen Augen und dem Teller. Und da spielt es dann keine große Rolle, was auf dem Teller liegt, da kann ich sogar den Teller einsparen und blindlings ein paar Kekse aus der Packung holen. Ich habe halt immer nur gelernt, mir für Euch Mühe zu machen und nie für mich selber; was ich, in meinem Alter, auch sicher nimmer erlernen werde, meint

Deine Mutter

Liebe Tochter

Jedesmal, wenn Du bei mir zu Besuch bist, jammerst Du darüber, daß Du mit dem Geld, das Du und Dein Mann verdienen, nicht auskommen kannst. »Alles wird teurer«, klagst Du, »und wir verdienen trotzdem kaum mehr! Es geht einfach hinten und vorne nimmer zusammen.«

So wie Ihr wirtschaftet, glaube ich das gern! Wie? Das ist ungerecht? Ihr kauft sowieso nur das Allernötigste? Verzeih, liebe Tochter, daß ich da lache! Bei Euch, kommt mir vor, ist es umgekehrt! Ihr kauft lauter Kramuri, die überhaupt nicht notwendig ist, und dann fehlt Euch das Geld für das wirklich Notwendige! Gehört jeden Winter ein neuer Skianzug wirklich zum »Allernötigsten«, wenn man bloß eine Woche auf Winterurlaub fährt? Und gehört eigentlich dieser Winterurlaub zum »Allernötigsten«? Und die »supertolle« Küchenmaschine, die sogar Brotteig kneten kann, die steht doch auch noch in der Originalverpackung hinten in der Kredenz bei Dir. Und die Filmkamera, die Dein lieber Ehemann unbedingt hat haben müssen, war die tatsächlich so notwendig? Erinnerungen muß man ja nicht unbedingt auf Film haben, die kann man ja auch im Kopf haben, oder nicht? Und warum braucht Ihr pünktlich alle sieben Jahre eine neue Sitzgarnitur? Mein Sofa ist vierundfünfzig Jahre alt, und man sitzt immer noch sehr bequem darauf. Dafür scheppert Euer Durchlauferhitzer lebensbedrohlich, wenn man das warme Wasser aufdreht, und Deine Küche hätte dringend einen neuen Fußboden nötig! Ja, ja, Du weißt es! Bloß reicht das Geld dafür nicht! Wenn Du ehrlich bist, mußt Du Dir zugeben, daß es bloß nicht reicht, weil es Dir durch die Finger rinnt. Und ich kann Dir auch sagen, warum es Dir durch die Finger rinnt. Weil Du nämlich gar kein richtiges Geld mehr in der Hand hast, sondern bloß lächerliche Papierln und dieses komische Plastikgeld.

Komm mir bloß nicht damit, daß das auf ein und dasselbe herauskommt. Das tut es nicht! Den letzten Tausender aus dem Geldbörsel rauszuziehen, ist halt doch ein ganz anderes Gefühl, als einen Einser und drei Nullerln auf einen Scheck zu schreiben. Wo man doch noch zwanzig andere Schecks hat! Beim Nullerl-Schreiben könnte einem natürlich einfallen, daß das Konto leer ist, aber ein leeres Konto ist wohl weniger bedrückend als ein leeres Geldbörsel, denn die Bank ist weit weg, aber das Geldbörsel hat man in der Hand. Und ein Geldbörsel kann man nicht »überziehen«. Wenn das leer ist, ist es leer und spuckt auch für teure Überziehungszinsen keinen luckerten Heller mehr aus. Sei also vernünftig, liebe Tochter, tu Deine Schecks und Deine Plastikkarten ins unterste Ladel und kaufe wieder mit echtem Geld ein. Dann wird es Dir sowohl hinten als auch vorn wieder »zusammengehen«, meint

Deine Mutter

Werter Nachwuchs

Gerade war der junge Dorn bei mir und hat mir drei Flaschen Mineralwasser gebracht. Damit ich beim Einkaufen nicht so viel zu schleppen habe, hat er gesagt, und bezahlen hat er sich das Mineralwasser auch nicht lassen. »Nicht der Red' wert«, hat er gesagt.

Zuerst war mir das unangenehm. Ich bin ja kein Fürsorgefall! Aber dann habe ich mir gedacht: Emma, sei nicht kleinlich! Schenkst ja auch gern was her! Also laß dir auch was schenken! Und wenn's dem Dorn »nicht der Red' wert« ist, brauchst dir weiter keine Gedanken zu machen!

Aber wenn ich nun auf die drei Flaschen schaue, mache ich mir doch Gedanken und finde, die sind »der Red' wert«. Also: Früher, wie ich jung war, habe ich Mineralwasser für eine Medizin gehalten. Ein »Preblauer« zu trinken, hat einem der Doktor empfohlen, wenn es mit der Leber, der Galle oder der Verdauung nicht gestimmt hat. Und gekauft hat man das »Preblauer« in der Apotheke. Und wenn man reich gewesen ist, ist man zum Mineralwassertrinken weggefahren. Auf Kur!

Ein pumperlgesunder Mensch jedenfalls, egal, ob reich oder arm, hat seinen Durst mit gewöhnlichem Leitungswasser gestillt, und wenn er es prickelnd hat haben wollen, dann hat er sich ein Sodawasser geleistet. Aus einer dicken Glasflasche mit Glasröhrl drinnen. Wunderschön gezischt hat das! Wie ich dann bei Euch im Eiskasten die ersten Mineralwasserflaschen gesehen habe, habe ich den Kopf geschüttelt und mich gefragt, ob Ihr plemplem geworden seid. Sind wohl schon zu vornehm für normales Wasser, habe ich geschimpft. Gehen jeder Werbung auf den Leim und kaufen, was man ihnen einredet!

Und nun trinke ich auch drei Flaschen pro Woche, und es gibt Orte in unserem Land, wo Mineralwasser gratis verteilt wird, weil das normale Wasser von all dem Umweltdreck vergiftet und ungenießbar ist.

Soll ich mir nun denken: Mein Nachwuchs war eben schon immer klüger als ich?

Tut mir leid, ich denke mir etwas anderes, nämlich: Wie Ihr alle angefangen habt, Mineralwasser zu trinken, war das normale Wasser noch tadellos. Und dann zähle ich zusammen, was es braucht, ein ganzes Volk mit Mineralwasser zu versorgen: Millionen Flaschen, Verschlüsse, Aufkleber, Etiketten und Leim dafür, Hunderttausende Plastikkisten und Waschanlagen für die Flaschen und Spülmittel für die Waschanlagen und Lkw, die Abgase erzeugen, für den Transport und gewiß noch drei Dutzend anderer umweltbelastender Dinge und Vorgänge, von denen ich gar keine Ahnung habe! Ich will ja nicht sagen, daß Eure »Mineralwasser-Mode« daran schuld ist, daß das normale Wasser nicht mehr zu trinken ist! Aber ein bißchen dazu beigetragen könnte sie doch haben, meint

Eure Oma

Werter Nachwuchs

Wenn sich – wie gerade eben – die alte Soukup von mir verabschiedet hat, dann seufze ich nicht nur erleichtert auf, sondern dann freue ich mich, daß ich, abgesehen von etlicher alter Kramuri und ein paar lächerlichen Notgroschen, so rein gar nichts zu vererben habe. Die Soukup nämlich, die hat!

Und gar nicht so wenig! Wieviel sie wirklich zu vererben hat, ist mir ja nicht ganz klar. Meistens ergeht sie sich bloß in Andeutungen über die »schönen Sümmchen«, die auf ihren diversen Sparbüchern liegen. Aber so wie ich sie kenne, hat sie im Laufe der vielen Jahrzehnte allerhand zusammengekratzt und sich vom Leben abgezwackt. Eine Sparmeisterin war die immer! Auf alle Fälle hat sie aber ein »Eckzinshaus«, eines mit vier Stockwerken und sieben freien Wohnungen. Und einen Garten in Purkersdorf hat sie auch. Und schätzungsweise zwei Kilo Gold in Form von Ringen, Ketten und Broschen. Die alte Soukup liebt ihr reichliches Hab und Gut sehr und macht sich Sorgen, was aus all diesen irdischen Gütern einmal werden wird, wenn sie »nimmer ist«.

Jedesmal, wenn sie zu mir kommt, redet sie nur davon. Und jedesmal hat sie einen anderen Verwandten als würdigen Erben im Auge. Einmal heißt es: »Ich werd's doch der Olga vermachen! Die kann das Geld zusammenhalten!«

Dann heißt es: »Die Olga kriegt gar nix! Die hat ja keine Hand für die Gartenarbeit. Und der Mann, mit dem sie jetzt verlobt ist, der taugt nichts! Der tät doch alles durchbringen! Da geb' ich's ja noch lieber dem Edi!«

Aber vierzehn Tage später beschließt sie dann, daß der Edi auch nicht würdig ist, ihre Erbschaft anzutreten. Da will sie die zukünftige Hinterlassenschaft zwischen der Resi und dem Peperl aufteilen. Und dann wieder heißt es:

»I lass' alle leer ausgehen, die ganze Bagage schert sich eh net um mich! Alles kriegt der Tierschutz!«

Und so geht das immer im Kreis: Olga-Edi-Resi-Peperl-Tierschutz! Angeblich hat die arme Haut jede Woche eine schlaflose Nacht deswegen. Und wenn sie schläft, dann träumt sie, daß ihr der längst verstorbene Ehemann erklärt, wem sie was zu vermachen hat. Aber wenn sie aufwacht, hat sie leider vergessen, was ihr der Ehemann als »letzten Willen« im Traum angeraten hat. Na, ist das nicht die wahre Hölle? Bis jetzt habe ich immer gedacht, daß das Sprichwort »Geld macht nicht glücklich, aber es beruhigt ungemein« seine Richtigkeit hat. Nun weiß ich, daß das nicht stimmt. Die alte Soukup ist nicht nur nicht glücklich, sie ist auch ungemein beunruhigt.

Da geht es mir besitzloser Frau doch vergleichsweise prächtig! Wenn mir mein Mann im Traum erscheint, haben wir was Besseres miteinander zu tun, als über Erbschaften zu reden!

Eure Oma

Werter Nachwuchs

Ich habe ja, wie Ihr wißt, allerhand dagegen, wenn sich alte Männer auf Brautschau begeben, um ihren Lebensabend in weiblicher Obhut verbringen zu können, die keinen Schilling kostet. Und wohl auch, so rund um die Uhr, nicht für viele Schilling zu haben wäre! Aber es gibt ja auch alte Leute, die zueinanderfinden, weil sie sich wirklich gern mögen! Und ich verstehe wahrlich nicht, warum Ihr Jungen das so komisch findet. Also, daß zwei alte Menschen einander mögen und gemeinsam ihre Zeit verbringen, das erlaubt Ihr gerade noch. Das paßt Euch sogar hin und wieder recht gut in den Kram, so nach dem Motto: Fein, daß der Papa jetzt immer mit seiner Nachbarin zusammen ist! Ist er nicht einsam, und wir brauchen keine Schuldgefühle zu haben, daß wir uns so wenig um ihn scheren! Aber die Zuneigung unter alten Leuten darf anscheinend nur eine rein platonische sein. Erotik ab fünfundsechzig findet Ihr sichtlich noch wesentlich anstößiger als Erotik vor fünfzehn! Du, liebe Tochter, schaust ein altes Paar im Park kopfschüttelnd an, weil es eng beisammen auf einer Parkbank sitzt und Händchen hält. »Turteln in dem Alter!« murmelst Du leicht entsetzt. Du, werter Herr Sohn, kannst vor lauter Lachen kaum weiterreden, wenn Du erzählst, daß Dein alter Nachbar eine neue »alte Flamme« hat, die er mit drei Küßchen auf die Nasenspitze begrüßt, wenn sie zu ihm auf Besuch kommt! Und die Vorstellung, alte Leute könnten miteinander noch wesentlich Verwegeneres tun, als Küßchen auf Nasenspitzen zu geben, die erscheint Euch ja überhaupt »pervers«. Warum eigentlich? Ich weiß schon, ich brauche Euch diese Frage gar nicht zu stellen, denn Ihr habt keine vernünftige Antwort darauf. Es gibt ja auch keine! Und den Unsinn, daß nur glatte, faltenlose Leiber ein Recht darauf haben, miteinander

Zärtlichkeiten auszutauschen, den werdet Ihr mir ja wohl nicht verzapfen wollen! Jedenfalls rate ich Euch in Eurem eigenen Interesse, Euch schön langsam diesbezüglich eine andere Meinung zuzulegen, denn Ihr werdet ja auch nicht jünger! Oder habt Ihr vor, an Eurem fünfundsechzigsten Geburtstag ein Keuschheitsgelübde abzulegen? Oder von diesem Termin an Eure Liebe zueinander nur noch in dezenten Blicken hinter verschlossenen Türen auszudrücken? Intensive Zärtlichkeiten, vor fremden Menschen zur Schau gestellt, sind für alle Altersgruppen, meiner Meinung nach, unschicklich. Aber was Dreißigjährigen erlaubt ist, muß auch Siebzigjährigen gestattet sein, meint

                                                                Eure Oma

Werter Nachwuchs

Nun ist sie wieder einmal da, die sommerliche Zeit, wo Ihr mich mit schuldbewußtem Dackelblick anschaut, weil Ihr alle auf Urlaub fahrt und mich – wie Ihr es nennt – »allein daheim sitzen laßt«. Ich weiß, ich weiß: Ihr hättet das diesmal »koordinieren« wollen! So, daß immer einer von Euch »die Stellung« hält! Zuerst, für drei Wochen, Du, werter Herr Sohn, mit der Frau nach den USA! Und erst wenn Du wieder daheim bist, fährt Deine Schwester samt Mann nach Griechenland! Aber was soll man denn machen, wenn die Flugkarten nach Amerika schon ausgebucht sind? Und wenn sich die Zimmer in Griechenland nicht umbuchen lassen! Und die Kinder auch schon fixe Urlaubstermine haben! Nichts soll man da tun, werter Nachwuchs! Fahrt nur so, wie jedes Jahr, in die Ferne. Ich schwöre Euch, ich werde den August ohne Euch und ohne Schaden überstehen! Gewiß, gewiß, es ist schön, wenn mich einer von Euch regelmäßig besucht oder wenigstens anruft. Das unterbricht meinen langweiligen Alltag. Aber Euer Pflegekind bin ich ja gottlob noch nicht. Und nun einmal ganz ehrlich und ohne einen von Euch kränken zu wollen: Wenn die alte Emma wirklich einmal dringend ein bißchen rasche Hilfe braucht, dann kann sie ohnehin nicht auf einen von Euch warten! Oder glaubt Ihr wirklich, daß ich jedesmal bei Euch anrufe, wenn mir, zum Beispiel, an einem Tag das Einkaufen zu beschwerlich ist, weil mir die Füße wieder einmal so weh tun, daß mir jeder Schritt zur Qual wird? In so einem Fall, werter Nachwuchs, klopfe ich an die Nachbartür und ersuche die Nachbarin, mir das Allernötigste vom Einkaufen mitzubringen. Und wenn es mir, was hin und wieder vorkommt, so mies geht, daß ich mir überlege, ob ich jetzt einen Arzt brauche, dann mache ich mir das, auch wenn Ihr nicht auf Urlaub seid, mit mir alleine aus! Oder habe ich Euch schon einmal mitten in der Nacht angerufen und ins Telefon gestöhnt und Euch gebeten, etwas für mich zu tun? Ich bin es gewohnt, allein zu leben und damit zurechtzukommen. Ihr braucht Euch also keinen schuldbewußten Dackelblick zuzulegen, und Ihr braucht Euch auch gegenseitig keine Vorwürfe zu machen, daß die »Koordinierung« Eurer diversen Urlaube wieder einmal nicht geklappt hat. Ich werde mir die Tage Eurer Rückkehr im Kalender rot einringeln und mich den ganzen August über drauf freuen, Euch wiederzusehen. Und meine einzige Sorge ist, daß ich Euch alle gesund und munter wiederkriege.

Eure Oma

Werter Nachwuchs

Zwei Monate ist es her, da sitze ich im Park und lese Zeitung. Da setzt sich jemand neben mich. Ich schiele aus den Augenwinkeln auf diese Person und zucke zusammen. Es ist die Rehor! Ich denke mir: Die hat mich nicht erkannt! Die setzt sich doch nicht absichtlich neben mich! Als Kinder waren die Rehor Minna und ich gut Freund. Auch später haben wir an einer Ecke oft geplaudert. Dann ist das Jahr 1938 gekommen, und die Minna hat mit »Heil Hitler« gegrüßt. Worauf ich, wenn ich sie von weitem gesehen habe, auf die andere Straßenseite rüber bin. Bei jedem Hitlergruß ist mir die Galle übergegangen! Dann hat sie mir einmal beim Greißler aufgelauert und wollte mich überzeugen, in die »Frauenschaft« einzutreten. »Minna«, habe ich zu ihr gesagt, »du bist ein Trampel!« Ja, ja, werter Nachwuchs, damals hat mich der brandrote Zorn zu so was hinreißen können. Der Greißler hat mir nachher zu meinem Mut gratuliert. Aber wenn einem was rausrutscht, ist das ja kein echter Mut. Dann hat die Rehor nur noch einmal mit mir geredet. In der Trafik. Dort habe ich drüber geschimpft, daß man die Berger gezwungen hat, auf die Parte für ihren Sohn »In stolzer Trauer« drucken zu lassen. Und da steht plötzlich die Rehor hinter mir und sagt mit einer Stimme, so scharf, daß man damit hätte Blech schneiden können: »Hüte deine Zunge, Emma! Sonst muß ich dich bei der Gestapo anzeigen!« Von diesem Tag an sind wir grußlos aneinander vorbei. Und dann hockt sie, fünfzig Jahre später, neben mir! Mein erster Impuls war: Emma, steh auf und geh! Doch dann habe ich gedacht: Soll sie ihren Irrtum bemerken und abdampfen! Aber die Rehor hat sich nicht irrtümlich zu mir gesetzt. »Servus, Emma«, hat sie gesagt. Dann hat sie von unserer Kindheit zu reden angefangen und davon, wie schön die war. Dann hat sie mir erzählt, daß ihr Mann gelähmt ist, ihr einziger Sohn in Amerika lebt und ihre Tochter Krebs hat. Ich kann doch einer alten Frau mit einem gelähmten Mann, einer krebskranken Tochter und einem Sohn in weiter Ferne nicht vorhalten, daß sie seinerzeit ein »Trampel« gewesen ist! Und so sitzen wir halt jetzt wieder zusammen auf einem Bankerl, tun, als hätte es die Zeit zwischen 38 und 45 gar nicht gegeben. Und ich denke mir halt: Hätte die Minna nicht längst eingesehen, wie mies sie sich damals benommen hat, hätte sie ja nicht wieder Kontakt zu mir gesucht. Und ich muß sie ja nicht partout so demütigen, daß sie mir das eingesteht. Die Frau hat es ja schwer genug, meint

                                                Eure Oma

Werter Nachwuchs

Oft kriegt man ja zu hören oder zu lesen, was es heute – im Gegensatz zu früher – alles gibt und wie leicht das Leben der Menschen dadurch geworden ist. Ich will das ja auch gar nicht bestreiten, denn ich bin keine, die dauernd der guten alten Zeit nachjammert. Daß die nicht so gut gewesen ist, habe ich am eigenen Leib erfahren.

Aber gerade habe ich aus dem Fenster geschaut, und da ist mir aufgefallen, was es heute – im Gegensatz zu früher – nicht mehr gibt, und daß es schade ist, daß es das nicht mehr gibt!

Wenn ich heute aus dem Fenster schaue, sehe ich nichts als Autodächer unter mir und höre Motorenlärm, Gehupe und Bremsengekreisch. Und was rieche ich? Abgasgestank! Vor einem halben Jahrhundert, wenn ich aus dem Fenster geschaut habe, habe ich mindestens drei Hausbesorgerinnen gesehen. Auf kleinen Sesserln sind sie in den Tornischen gesessen. Und Kinder habe ich gesehen, die mit Kreide »Tempel« auf den Gehsteig gezeichnet haben. Und dann haben sie in einer Schlange darauf gewartet, daß sie zum Hüpfen drankommen. Sogar ein bißchen Gras habe ich gesehen. Am Straßenrand, beim Randstein, ist es brav jeden Sommer immer wieder zwischen den Pflastersteinen durchgekommen. Auch Pferde habe ich sehen können. Mindestens dreimal täglich. Zuerst, ganz zeitig in der Früh, ist der Milchwagen durch die Gasse gekommen. Der war immer mein Wecker! Wenn ich das Hufgeklapper der Milch-Pferde gehört habe, habe ich gewußt: Emma, jetzt mußt aufstehen!

Am Vormittag ist dann der »Mistbauer« mit seinem Pferd gekommen und hat aus unserem Hof den »Trank« abgeholt. Abfallsortieren ist nämlich keine so brandneue Sache! Aller Abfall, der als Schweinefutter geeignet war, ist bei uns in den »Trankbottich« gekommen, und den hat der Mistbauer auf seiner täglichen Runde mitgenommen.

Zu Mittag hat dann noch meistens der Bierwagen mit zwei dicken Brauerei-Pferden beim Wirten gehalten. Und zweimal die Woche ist der Eiswagen gekommen. Der hat laut mit einer Glocke geklingelt. Eisblöcke hat er verkauft. Immer sind ein paar kleine Buben hinter dem Eiswagen hergerannt und haben Eisbröckerln von der Straße aufgeklaubt.

Die Luft war in der Stadt zwar auch damals keine würzige Gebirgsluft, aber immerhin war sie noch von Abgasen so frei, daß ich zu Mittag beim offenen Fenster erschnuppern konnte, ob die Smekal, unter mir, Schnitzel bäckt oder ein Bratl im Rohr hat. Und wenn ich früher aus dem Fenster geschaut habe, dann waren da auch andere Leute, die aus ihren Fenstern geschaut haben, und mit denen habe ich – über die Gasse hinüber – ein bisserl tratschen können. Jetzt wenn ich aus dem Fenster schaue, sehe ich nur geschlossene Fenster. Früher hat man besser gewußt, daß man unter Menschen lebt, meint

Eure Oma

Werter Nachwuchs

Daß es im Leben nicht immer gerecht zugeht und die einen unverdient viel Glück haben, während die anderen unverdient viel Unglück haben, ist mir schon als Kind aufgefallen. Aber solange man jung ist und noch viele Lebensjahrzehnte vor sich hat und große Hoffnungen für das eigene Leben, nimmt man das nicht so schwer. Da denkt man insgeheim doch immer, man werde letzten Endes zu denen gehören, die auf die berühmte »Butterseite« fallen.
Ich selbst will mich ja wirklich nicht beschweren. Es könnte mir zwar besser gehen, wenn es gerecht zuginge, es könnte mir aber auch viel schlechter gehen, gemessen an dem, was andere alte Leute mitmachen müssen. Wenn ich mich unter meinen Altersgenossen umsehe, kann mich schon der Zorn über die Ungerechtigkeit der Welt überkommen!
Die alte Brauneis war ihr Lebtag lang nur für andere Menschen da. Drei Kinder hat sie großgezogen und zwei Enkel. Fünf Jahre lang hat sie ihre gelähmte Schwiegermutter gepflegt und drei Jahre lang ihren krebskranken Mann. Nie war sie grantig, hat gejammert oder sich beschwert.
Jetzt, wo sie selbst nimmer kann, muß sie in ein Altersheim. Von den hohen Zinsen, die ihr Wohltun angeblich einbringt, hat sie noch nichts gemerkt!
Dafür hat die alte Schwarzinger, die sich immer nur um sich selber geschert hat, der nicht einmal im Traum eingefallen wäre, für andere etwas zu tun, eine Tochter, die sie umsorgt, alle ihre Launen aushält und sagt: »Der Mama kann man kein Heim antun, die könnte sich dort nie einfügen!« Oder: Kein Mensch neidet der Geppert ihre eigene und die zwei Pensionen nach ihrem Mann. Aber sie kann das viele Geld gar nicht ausgeben. Sie hat auch

keine Kinder, denen sie es vererben könnte. Sie stapelt das viele Geld im Schrank hinter der Bettwäsche! Neben ihr wohnt die Frau Franzi, die hat eine so kleine Rente, daß sie nicht weiß, wie damit leben. Ich kenne die beiden Frauen seit fünfzig Jahren und bin mir sicher: Die eine hat ihre Tausender-Stapel genausowenig verdient wie die andere ihren Groschen-Etat.

Es ist auch nicht gerecht, daß der Huber, der immer gesund gelebt hat, im Rollstuhl sitzt und der Meier, der Kettenraucher und Weinbrand-Liebhaber, herumrennt wie ein Wiesel. Und wenn ich mir überlege, wer von meinen Bekannten noch lebt und wer schon tot ist, dann ist das sehr ungerecht!

Viele, die das Leben geliebt haben, haben früh gehen müssen. Viele, die seit Jahren jammern, daß sie keine Freude mehr am Leben haben, sind noch immer da. Von mir aus mögen auch die Jammerer hundert Jahre alt werden, aber die, die wirklich gern leben, sollten es doch auch können dürfen, meint

Eure Oma

Das heitere Weihnachtsbuch für die ganze Familie.

Das Buch mit dem gelangweilt dreinschauenden Engelchen auf dem Umschlag gehört aber zum Schönsten, was an vorweihnachtlicher Belletristik für Kinder und Erwachsene zu haben ist ...
Wer Kinder hat, muß das Buch haben, wer keine hat, erst recht!
SÜDKURIER

Christine Nöstlinger
FRÖHLICHE WEIHNACHTEN, LIEBES CHRISTKIND!
Leinen mit Schutzumschlag
ISBN 3-85191-115-6
DM 34,- / sfr. 31,- / öS 248,-

CHRISTINE NÖSTLINGER
im DachsVerlag

Christine Nöstlinger / Christiana Nöstlinger
Anna und die Wut (ab 6)
Anna wird schrecklich oft wütend.
Da schenkt ihr der Großvater eine Trommel,
mit der sie ihre Wut loswerden kann.
ISBN 3-85191-091-5
DM 22,- sfr. 20,- öS 162,-

Christine Nöstlinger / Barbara Waldschütz
Die feuerrote Friederike (ab 6)
Das erste Nöstlinger-Buch, völlig neu gestaltet und textlich neu bearbeitet.
ISBN 3-85191-076-1
DM 27,- sfr. 25,- öS 198,-

Christine Nöstlinger / Christiana Nöstlinger
Klaus zieht aus (ab 5)
Klaus will zu seiner Oma ziehen, weil er sich
von seiner Familie nicht verstanden fühlt.
ISBN 3-85191-094-X
DM 22,- sfr. 20,- öS 162,-

Christine Nöstlinger
Der geheime Großvater (ab 10)
Die Enkelin weiß über ihren Großvater viel besser Bescheid als alle anderen.
ISBN 3-85191-102-4
DM 19,80 sfr. 19,80 öS 148,-

Christine Nöstlinger
Rosa Riedl Schutzgespenst (ab 10)
Rosa Riedl greift in das Leben einer ganzen Schulklasse ein.
ISBN 3-85191-138-5
DM 23,- sfr. 21,- öS 168,-

Eine kleine Auswahl ihrer Bücher im **Dachs**Verlag

Christine Nöstlinger im dtv

»Der Mensch soll sich nicht allzu ernst nehmen und über sich selbst lachen können!«

Haushaltsschnecken leben länger
Mit Illustrationen von
Christiana Nöstlinger
dtv 20226

Das kleine Frau
Mein Tagebuch
dtv 11452

Manchmal möchte ich ein Single sein
Mit Illustrationen von
Christiana Nöstlinger
dtv 20231

Streifenpullis stapelweise
Mit Illustrationen von
Christiana Nöstlinger
dtv 11750

Salut für Mama
Mit Illustrationen von
Christiana Nöstlinger
dtv 11860

Mit zwei linken Kochlöffeln
Ein kleiner Kochlehrgang für Küchenmuffel
Mit Illustrationen von
Christiana Nöstlinger
dtv 12007

Management by Mama
Mit Illustrationen von
Christiana Nöstlinger
dtv 20112

Mama mia!
Mit Illustrationen von
Christiana Nöstlinger
dtv 20132

Werter Nachwuchs
Die nie geschriebenen
Briefe der Emma K., 75
dtv 20049 und
dtv großdruck 25076

Liebe Tochter, werter Sohn!
Die nie geschriebenen
Briefe der Emma K., 75
Zweiter Teil
dtv 20221 und
dtv großdruck 25136

Bei dtv junior sind zahlreiche Kinder- und Jugendbücher von Christine Nöstlinger lieferbar.

Mary Wesley im dtv

»Mary Wesley ist wie Jane Austen mit Sex.«
Independent on Sunday

Eine talentierte Frau
Roman · dtv 11650
Hebe ist noch keine zwanzig, mittellos und schwanger, aber sie nutzt ihre Talente gut.

Ein Leben nach Maß
Roman
dtv großdruck 25154
Drei Männer begleiten Flora ein Leben lang...
»Eine Vierer-Liebesbeziehung mit viel Esprit, sehr charmant und etwas böse.«
(Karin Urbach)

Matildas letzter Sommer
Roman · dtv 12176
Matilda glaubt sich mit Ende Fünfzig reif für einen würdigen Abgang. Doch sie läßt sich auf ein letztes Abenteuer ein...

Führe mich in Versuchung
Roman · dtv 20117
Fünfzig Jahre lang hat Rose zwei Männern die Treue gehalten. Jetzt, mit 67 Jahren, nimmt sie endlich ihre Zukunft selbst in die Hand.

Die letzten Tage der Unschuld
Roman · dtv 12214
Sommer 1939: Fünf junge Leute verbringen die letzten unbeschwert glücklichen Tage vor dem Krieg.

Zweite Geige
Roman
dtv großdruck 25084
Laura Thornby will sich auf keine enge Beziehung einlassen. Doch dann verliebt sie sich in den viel jüngeren Claud.

Ein böses Nachspiel
Roman · dtv 20072
Manche Dinge bereut man sein Leben lang... Aber Henry macht das Beste aus seiner mißglückten Ehe.

Ein ganz besonderes Gefühl
Roman · dtv 20120
Eine Liebesgeschichte zwischen zwei sehr eigenwilligen Menschen – und eine Liebeserklärung an den Londoner Stadtteil Chelsea.

Erika Pluhar im dtv

»Ich werde aus dem, was unwissend, unvorbereitet, haltlos und rücksichtslos gelebt wurde, Geschichten machen.«
Erika Pluhar

Marisa
Rückblenden auf eine Freundschaft
dtv 20061

Zwei Schülerinnen des Max-Reinhardt-Seminars: schön, begabt und faul die eine, die bald schon als Filmstar Marisa Mell in Hollywood aufstrahlen (und verlöschen) wird; pflichtbewußt und scharf beobachtend die andere, Erika Pluhar, der eine Karriere am Wiener Burgtheater bevorsteht. Die liebevolle, nachdenkliche, »wahre« Geschichte von zwei ungleichen Freundinnen – zwei Leben, die scheinbar ähnlich begannen und schockierend andere Wendungen genommen haben.

Als gehörte eins zum andern
Eine Geschichte
dtv 20174

Sie ist Schauspielerin in den besten Jahren, innerlich ist sie völlig ausgebrannt – als sie *ihn* kennenlernt. Der wachsenden Intensität ihrer Beziehung wohnt auch schon die künftige Trennung inne. Die Geschichte einer intensiven und zerbrechlichen Liebe, über Freiheit und Nähe, über das Reifen einer Frau und die Kraft starker Gefühle.

Am Ende des Gartens
Erinnerungen an eine Jugend
dtv 20236

Erika Pluhar erzählt von ihren Kriegserlebnissen in Wien, von einer Gegenwelt voller Zauber in einem österreichischen Dorf, vom Leiden der Heranwachsenden, den ersten Erfolgen am Burgtheater, von ihrer großen Liebe und ihrer ersten Ehe – und rekonstruiert so Stück für Stück die Geschichte einer sich selbst bewußt werdenden Frau.

Isabella Nadolny im dtv

»Isabella Nadolny ist eine Moralistin der Lebensweisheit,
eine Herzdame der Literatur.«
Albert von Schirnding

Ein Baum wächst übers Dach
Roman · dtv 1531

Ein Sommerhaus an einem der oberbayrischen Seen zu besitzen – dieser Traum wurde für die Familie der jungen Isabella in den dreißiger Jahren wahr. Wer hätte damals gedacht, daß dieses kleine Holzhäuschen eines Tages eine schicksalhafte Rolle im Leben seiner Besitzer spielen würde?

Seehamer Tagebuch
dtv großdruck 2580

Providence und zurück
Roman · dtv 11392

»Zuhause ist kein Ort, zuhause ist ein Mensch, sagt der Spruch, und es ist wahr. Hier in diesem Sommerhaus war kein Zuhause mehr seit Michaels Tod…« In ihrer Verzweiflung folgt Isabella Nadolny einer Einladung in die Staaten. Von New York über Boston bis Florida führt sie diese Reise zurück zu sich selbst.

Vergangen wie ein Rauch
Geschichte einer Familie
dtv großdruck 25167

Als einfacher Handwerker aus dem Rheinland ist er einst zu Fuß nach Rußland gewandert und hat es dort zum Tuchfabrikanten gebracht, in dessen Haus Großfürsten, Handelsherren und der deutsche Kaiser zu Gast waren: Napoleon Peltzer, der Urgroßvater des Kindes, das ahnungslos die Porträts und Fotografien betrachtet, die in der Wohnung in München hängen.

dtv im Internet: www.dtv.de

Marlen Haushofer im dtv

»Was das Werk der Österreicherin prägt und es so faszinierend macht, ist bei all seiner Klarheit sanfte Güte und menschliche Nachsicht für die ganz alltäglichen Dämonen in uns allen.«
Juliane Sattler in der ›Hessischen Allgemeinen‹

Die Frau mit den interessanten Träumen
Erzählungen · dtv 11206

Wir töten Stella und andere Erzählungen
dtv 11293
»Marlen Haushofer schreibt über die abgeschatteten Seiten unseres Ichs, aber sie tut es ohne Anklage, Schadenfreude und Moralisierung.« (Hessische Allgemeine)

Schreckliche Treue
Erzählungen
dtv 11294
»...Sie beschreibt nicht nur Frauenschicksale im Sinne des heutigen Feminismus, sie nimmt sich auch der oft übersehenen Emanzipation der Männer an...« (Geno Hartlaub)

Die Tapetentür
Roman
dtv 11361
Eine berufstätige junge Frau lebt allein in der Großstadt. Die Distanz zur Umwelt wächst, begleitet von einem Gefühl der Leere und Verlorenheit. Als sie sich verliebt, scheint die Flucht in ein »normales« Leben gelungen...

Eine Handvoll Leben
Roman
dtv 11474
Eine Frau stellt sich ihrer Vergangenheit.

Die Wand
Roman
dtv 12597
Marlen Haushofers Hauptwerk und eines der Bücher, »für deren Existenz man ein Leben lang dankbar ist«. (Eva Demski)

Die Mansarde
Roman
dtv 12598

Himmel, der nirgendwo endet
Roman
dtv 12599
Ein autobiographischer Kindheitsroman.

Marie Luise Kaschnitz im dtv

»Was immer sie schrieb – ob Lyrik oder Prosa, ob Erinnerungen oder Tagebücher –, es zeichnet sich durch kammermusikalische Intimität aus. Sie war eine leise Autorin. Gleichwohl ging von ihren besten Büchern eine geradezu alarmierende Wirkung aus.«
Marcel Reich-Ranicki

Lange Schatten
Erzählungen · dtv 11941

Wohin denn ich
Aufzeichnungen
dtv 11947

Überallnie
Gedichte · dtv 12015

Das Haus der Kindheit
dtv 12021
Eine faszinierende Reise in die Kindheit. »Eine unheimliche Erzählung, eine Fabel nach der Tradition bester Spukgeschichten, spannend und schön erzählt, und auch an Kafka mag man denken, bei aller Existenzangst und allen Daseinszweifeln unserer Gegenwart.« (Wolfgang Koeppen)

Engelsbrücke
Römische Betrachtungen
dtv 12116
»Das Rom-Buch inspiziert eine Stadt unter dem Deckmantel der Verschwiegenheit... Die scheinbar lose zusammengesetzten Prosastücke bilden ein Mosaik der Selbstbefragung.«
(Hanns-Josef Ortheil)

Griechische Mythen
dtv 12780
Bekannte und weniger bekannte Mythen hat Marie Luise Kaschnitz in diesen sehr persönlich gefärbten Nacherzählungen dargestellt.

Der alte Garten
Ein Märchen
dtv 12781
Mitten in einer großen Stadt liegt ein verwilderter Garten, den zwei Kinder voll Neugier und Abenteuerlust für ihre Spiele erobern. Aber die Natur wehrt sich gegen die ungestümen Eindringlinge... Ein literarisches Gleichnis für den sorglosen Umgang mit unserer Welt.

dtv im Internet: www.dtv.de

Thomas Bernhard im dtv

»Wer in eine Übereinstimmung gerät mit dem radikalen
Ernst, mit der glitzernd hellen Finsternis der
Bernhardschen Innenweltaussagen, ist angesteckt,
fühlt sich sicher vor Heuchelei und gefälligen
Künstlerposen, leeren Gesten, bloßer Attitüde.«
Gabriele Wohmann im ›Spiegel‹

Die Ursache
Eine Andeutung
dtv 1299
Thomas Bernhards Internatsjahre zwischen 1943 und 1946. »Wenn etwas aus diesem Werk zu lernen wäre, dann ist es eine absolute Wahrhaftigkeit.« (Frankfurter Allgemeine Zeitung)

Der Keller
Eine Entziehung
dtv 1426
Die unmittelbare autobiographische Weiterführung seiner Jugenderinnerungen aus ›Die Ursache‹. Der Bericht setzt ein, als der sechzehnjährige Gymnasiast beschließt, sich seinem bisherigen verhassten Leben zu entziehen...

Der Atem
Eine Entscheidung
dtv 1610
»In der Sterbekammer bringt sich der junge Thomas Bernhard selber zur Welt... Aus dem Totenbett befreit er sich, in einem energischen Willensakt, ins zweite Leben.« (Die Zeit)

Die Kälte
Eine Isolation
dtv 10307
Mit der Einweisung in die Lungenheilstätte Grafenhof endet der dritte Teil von Thomas Bernhards Jugenderinnerungen, und ein neues Kapitel in der Lebens- und Leidensgeschichte des Achtzehnjährigen beginnt.

Ein Kind
dtv 10385
Die Schande einer unehelichen Geburt, die Alltagssorgen der Mutter und ihr ständiger Vorwurf: »Du hast mein Leben zerstört« überschatten Thomas Bernhards Kindheitsjahre. »Nur aus Liebe zu meinem Großvater habe ich mich in meiner Kindheit nicht umgebracht«, bekennt Bernhard rückblickend auf jene Zeit.